AF451027

ISABELLA

Elisa Gordon

ISABELLA

Una historia en la cual descubrirás
el verdadero sentimiento de la
amistad, el amor y la lealtad.

Primera edición: enero de 2021
ISBN: 978-84-18447-99-0
Copyright © 2021 Elisa Gordon
elisagordon@libros.com
Editado por Editorial Letra Minúscula
www.letraminuscula.com
contacto@letraminuscula.com

Índice

Dedicatoria

Este libro se lo dedico a Dios, ya que inspiró mi espíritu para la realización de este pequeño proyecto, y por darme salud y bendición para alcanzar mi sueño. Sin su guía y su amor no hubiese sido posible.

Agradecimiento

Esta pequeña obra va dirigida con una expresión de gratitud, primero que nada, a Dios. Al igual que a familiares y amigos. Agradezco a mi esposo Christopher Gordon, por toda su paciencia y comprensión; a mis padres y a mis hermanas quienes con su palabra de aliento me motivaron a seguir adelante; a mis hijos por todo apoyo recibido durante todo este tiempo; a mi amiga Ivone Carter Dunwell por confiar en mí y creer en este proyecto; a Roberto Augusto y todo su equipo de trabajo por toda la ayuda recibida y por hacer que este libro viera la luz. Para concluir deseo dar las gracias a una persona que estuvo a mi lado desde el día uno a lo largo de esta trayectoria, y quién además fue mi fuente de motivación e inspiración, una persona que siempre creyó en mí, por lo que hoy celebro su presencia en este mundo, gracias Génesis Oliveros.

CAPÍTULO 1

Los mejores amigos

Una tarde de primavera de 1997, cuatro jóvenes corrieron para abrazar a sus padres por la culminación de sus estudios secundarios. Tyson, Erick, Emma y Sarah se consideraban mejores amigos. Tyson y Emma eran de tez morena; mientras que Erick y Sarah tenían su tez blanca. Los cuatro sentían pasión por la medicina y decidieron estudiar juntos en la misma universidad. Los muchachos trabajaron arduamente, día tras día y noche tras noche. Vivían todos en la universidad, y tenían muy poco tiempo para sí mismos.

Después de siete años de constante trabajo, finalmente llegó su gran día. Sí, el día de la graduación de los muchachos. Tyson fue titulado como médico en endocrinología; Emma, en traumatología; Sarah, en neurología y Erick, en cardiología. Tyson y Emma recibieron los más altos honores de la universidad. Sus familias estaban muy satisfechas al ver a sus descendientes concluir los estudios.

Al caer la noche, los jóvenes fueron junto a sus padres a celebrar en un renombrado restaurante, que tenía una decoración moderna, propia de Italia. Había muchos espejos y las sillas eran de fibra de vidrio con retoques de color negro que se mezclaban con gris. Sus acabados eran brillantes. Se percibía una imagen cálida y acogedora, única en su género, dirigida especialmente a reunir a las familias; de hecho, se sentía una gran placidez desde el momento que se arribaba al establecimiento. Fue una tarde extraordinaria. Los chicos sentían un inmenso alivio, ya que, durante siete años no habían tenido vida propia. Durante ese tiempo, Tyson y Erick estuvieron interesados en las chicas, pero no querían ninguna distracción que les interrumpiera el enfoque de su formación, Tyson con Emma y Erick con Sarah. Luego de un largo día todos regresaron a sus respectivas casas.

Semanas después, Tyson y Emma fueron llamados para formar parte de un renombrado hospital de Nueva York. Al entrar al centro hospitalario lo primero que llamaba la atención era el color de las paredes, que reunía diferentes tonos de azul: azul royal, azul persia y azul acero. Sobre estos colores se destacaban gigantescas pinturas abstractas. Los consultorios estaban pintados con colores vivos y todos los muebles eran blancos, todo lo cual estaba iluminado por muchas luces. A pesar de que era un hospital, se respiraba un aire de serenidad y los doctores eran agradables.

Ese mismo día, Tyson le pidió a Emma que fuera su novia y ella de inmediato aceptó, puesto que él era el joven más caballeroso, cariñoso, amable, robusto e inteligente que había conocido y tenía una sonrisa que iluminaba su lindo semblante. Al llegar a casa se lo comunicó a sus padres.

—Felicidades, hijo. Emma es una buena muchacha —dijo su padre.

Emma era una joven que, a pesar de no asistir todos los domingos a misa, era bastante creyente; casi siempre mencionaba a Dios en sus conversaciones y ponía al creador como prioridad en su vida. Mantenía una buena relación con su madre y con su hermano, pero tenía una conexión especial con su padre. Era la princesa de papá, y ahora una profesional que, a pese a su corta edad, sabía con exactitud lo que quería y a dónde quería llegar en la vida. Todos los profesores en la universidad le tenían un gran aprecio por lo agradable y humilde que era. No era soberbia ni orgullosa, por el contrario, siempre mostraba cariño y respeto. Tampoco tenía vicios; le gustaba correr por las mañanas y poseía una belleza interior transparente y ni hablar de su belleza exterior.

Luego de algunos meses laborando en el centro hospitalario, Tyson habló con el director para solicitarle que, de ser posible, Erick y Sarah formaran parte del equipo hospitalario, ya que eran sus amigos y se habían graduado juntos hacía poco tiempo.

—¿En qué están especializados tus amigos? —preguntó el director.

—Señor, Erick, es cardiólogo y Sarah, neuróloga.

—Ok, el fin de semana te doy la respuesta.

Tyson llamó a Erick y a Sarah para informales que el director del hospital les había dado la oportunidad de trabajar con ellos. Ambos no podían creer que estarían juntos de nuevo. Erick y Sarah convivían y estaban comprometidos para casarse. Emma, por su parte, se sentía feliz al saber que los cuatro estarían trabajando en el mismo sitio y que volverían a encontrarse una vez más. Al iniciar los estudios universitarios, Emma había exclamado: «¡Juntos nuevamente!» Y cuando los cuatro se reunieron de nuevo en el hospital lo hizo una vez más: «¡Juntos nuevamente!». Al caer la noche, Tyson y Emma fueron a cenar en casa de sus amigos. Emma lucía preciosa, con una blusa de seda blanca sin mangas y una falda ajustada a su cuerpo, que resaltaba sus largas piernas, y con el cabello largo, negro y rizado, recogido por una coleta y unos pendientes que remarcaban su hermosa piel morena. Brindaron y celebraron toda la noche por la maravillosa amistad que tenían. Al día siguiente, Tyson fue a casa de Emma. Al abrir ella la puerta, él se arrodillo y le dijo:

—Hemos estado juntos desde siempre y no quiero que eso cambie nunca. ¿Quieres casarte conmigo?

—¡Sí!, ¡quiero casarme contigo! —respondió Emma con una sonrisa en los labios. Estaban muy felices porque unirían sus vidas para siempre.

A Emma el corazón le latía tan fuerte como si se le saliera del pecho y Tyson no dejaba de temblar de la felicidad que sentía. Al día siguiente, Emma le enseñó a Sarah el anillo de compromiso que Tyson le había dado y, como ella también ya estaba comprometida para casarse, le planteó:

—¿Por qué no nos casamos el mismo día?

—Me encanta la idea, no creo que sería ningún problema, pero déjame hablar con Tyson primero; estoy segura que también le va a encantar la ocurrencia.

A los cuatro les agradó la proposición y decidieron casarse en trece meses.

Los padres de los jóvenes no podían sentirse mejor. Pasaron los días y los meses, y los padres de las novias hacían todas las preparaciones para tan esperado día junto a la planificadora de la boda. Trece meses después, llegó el día que todos anhelaban. Los padres de las novias estaban tan elegantes que todos los observaban. Ellos, al igual que los novios, llevaban puesto un chequé acompañado por chalecos rectos, pantalones con rayas verticales, camisas de doble puño y corbata de seda; y para complementar los trajes, traían puestos zapatos con agujetas de poco brillo. La iglesia estaba repleta de familiares y amigos. Había sido decorada de color cian con blanco y con muchas rosas de este mismo color. Los novios permanecían en el altar aguardando con ansias a sus respectivas novias.

Sarah fue la primera en entrar a la iglesia junto a su padre. Vestía un traje de princesa clásico y encantador con una pequeña abertura en la espalda. Sobre el traje resaltaba un collar de diamantes, y su cabello se recogía a ambos lados formando un peinado muy exquisito. Su mirada era tierna. Caminaron hasta el altar donde el señor Steve le entregó a Erick la mano de su hija diciendo:

—Aquí te entrego a mi niña hermosa. Te pido que me la cuides y protejas siempre. Se va del nido para emprender su propio vuelo. Que Dios los llene de muchas bendiciones y les deseo de todo corazón que sean muy felices.

Erick, sonrío y dijo:

—¡Muchas gracias! —Erick y Sarah se tomaron de las manos mirándose con mucho amor.

Minutos después, Emma hizo su entrada al lado de su amado padre. Llevaba un vestuario de corte imperio de encajes, con un peinado recogido alto y elegante, que destacaba su belleza natural, y con una peineta de brillantes, que le hacía juego a sus pendientes y al brazalete de plata fina. Mientras caminaban hacia el altar, todos los invitados comentaban lo hermosa que lucía. A Tyson se le salían las lágrimas al ver lo elegante que estaba su compañera, su amiga de toda la vida y en pocas horas su esposa. El señor Lucas la entregó diciendo:

—Hijo, te entrego lo más preciado que tengo confiando en que cuidarás siempre de mi princesa, que ahora pasará a ser tu reina. Que el Señor Todopoderoso, los guíe y me los guarde por siempre.

—Así será, señor Lucas.

Inició la ceremonia seguido del ritual de las velas, en la cual todos los invitados quedaron emotivas por tan linda lectura. Minutos despúes el sacerdote terminó diciéndoles: Los declaro marido y mujer lo que Dios a unido que no lo separe el hombre.

Todos los invitados fueron a la recepción, en la que sirvieron panqueques de calabazas con salmón ahumado, canapés de pan con queso parmesano y una ensalada de camarones asiáticos con mango y cilantro, todo acompañado de la bebida a su gusto: piña colada, margarita, champaña, vinos... Los asistentes bailaron al ritmo de la música hasta decir no más. La misma noche ambas parejas partieron hacia Hawái para su luna de miel por una semana.

En Hawái se hospedaron en un hotel cinco estrellas, en cuya entrada se podían apreciar, colgadas en la pared, dos fuentes de agua por las cuales el líquido corría suavemente. Había una mesa redonda de mármol, grande y muy hermosa, y siete lámparas de cristales. A la derecha se situaba un pequeño bar con un televisor inmenso colgado de la pared;

y a la izquierda se situaba la sala de espera, donde todos los muebles eran de cuero refinado. Salieron cuanto antes a conocer la isla en compañía de la guía turística. Fueron a la playa de Turtle Beach en donde, como lo indica su nombre, por todos lados había tortugas que arribaban allí para dejar sus huevos y nadar en las cálidas aguas. Al día siguiente fueron a Hanauma Bay, considerado uno de los mejores lugares de la región por su fauna y flora marina.

Horas después, estando en medio de la cena, se levantó de una mesa un señor con el rostro muy enrojecido tratando de coger aire, como si se estuviera atorando, aunque no decía nada. Erick al ver al señor se dirigió rápidamente hacia él, lo agarró por detrás y le dio algunas compresiones abdominales, pero no respondió. Luego inició un rescate respiratorio, y tampoco reaccionaba. Fue entonces cuando Erick le dijo a Tyson:

—¡Amigo! Necesito un cuchillo bien afilado.

Tyson, corrió a la cocina del hotel en...

—Aquí tienes, Erick.

Erick procedió a hacerle una pequeña incisión de más o menos centímetro y medio en la piel del cuello por delante de la tráquea, entonces el señor comenzó a respirar. Al llegar la ambulancia por suerte el individuo estaba fuera de peligro.

—¡Muchas gracias! —manifestó la esposa del caballero.

—De nada, señora, su esposo estará bien.

Los esposos Miller y los Wilson, continuaron con su luna de miel visitando una de las islas de Hawái, ya que eran ocho y no podían conocerlas todas en un solo viaje. Fueron a una pequeña isla llamada Cocunut Island o Mokuola. Era muy pequeña, pero grande en hermosura y perfecta para relajarse. La isla estaba ubicada en Hilo Bay. Tenía varios parques y jardines con muchas flores coloridas y aromáticas, y estaba conectada a la isla principal por medio de un puente. Las guías turísticas fueron amables y divertidas, resultó una experiencia maravillosa. Al retornar al hotel, la recepcionista les comunicó:

—La señora Chloe Clark está interesada en hablar con ustedes.

—No conocemos a ninguna persona con ese nombre —dijo Erick con simpatía.

—Es la esposa del señor al que usted le salvó la vida ayer.

—¡Oh, ok! ¿Puede usted notificarle que bajaremos a cenar en una hora más o menos?

—¡Cómo no! A la orden.

—Gracias.

—¡Hasta luego!

Mientras cenaban conversando, se acercó la señora Clark.

—Buenas noches, señores, perdonen la molestia. Solo quería darles las gracias otra vez, en especial, a usted señor Erick por salvarle la vida a mi esposo.

—No tiene nada qué agradecer señora, es mi deber.

—¡Claro que tengo mucho que agradecer! Voy a estar siempre en deuda con usted.

—No diga eso, le repito que es mi deber.

—Mi esposo me pidió que les preguntara si podían ir a verlo mañana al hospital. Quiere darles las gracias en persona por lo que hicieron por él.

—¡Qué lástima! Mañana viajamos a primera hora hacia Nueva York. El lunes regresamos a trabajar, Dios primero. Estamos de luna de miel —dijo Emma con mucha cordialidad.

—Nosotros nos quedaremos unos días más, hasta que mi esposo se sienta en condiciones para viajar.

—Ella es mi esposa Sarah y ellos nuestros mejores amigos, Tyson y Emma.

—Un placer conocerlos a todos, espero que algún día nos volvamos a ver.

Apenas amanecía cuando la pareja de esposos cogió rumbo hacia el aeropuerto. Horas más tarde aterrizaron en la terminal aérea de Nueva York. De regreso a la ciudad, Tyson y Emma se dirigieron a la casa que les había regalado el señor Lucas. El lunes, todos regresaron al trabajo. Cada uno estaba comprometido con sus respectivas parejas, con su trabajo y consigo mismo.

Sarah, por su parte, fue a visitar a sus padres después de salir del trabajo, y sintió que su padre, el señor Steve, se mostraba un poco molesto con ella.

—Papá, ¿por qué sigues molesto conmigo? Erick y yo ya estamos casados, ayer regresamos de luna de miel.

—No estoy molesto contigo mi amor, estaba un poco decepcionado porque te fuiste a vivir con Erick sin estar casados. Pensé que habías olvidado los valores que tu madre y yo te habíamos inculcado.

Sarah le aclaró a su padre que no había olvidado los valores que le enseñaron, pero que tenía que entender que los tiempos eran distintos. Ahora estaban en el siglo veintiuno y no pasaba nada si dos personas decidían compartir sus vidas, y si después determinaban casarse, pues así sería. Finalmente le pidió que la perdonara, pero era como pensaba.

—Los jóvenes de hoy en día tienen una manera muy extraña de hacer y decir las cosas, pero, en fin, ya están casados y es lo que importa.

—¿Cómo les fue en su luna de miel? —preguntó la madre de Sarah.

—Fue una experiencia extraordinaria mamá. Hawái es una isla hermosa y las personas son tan amables y hospitalarias. En las playas había muchas tortugas y los delfines estaban siempre cerca de las embarcaciones.

—¡Guau! No me lo puedo creer.

—En realidad es espectacular, papá y tú tienen que ir. Una cosa es que yo les diga y otra es que lo vivan. Anímense y vayan a unas vacaciones.

—Vamos a pensarlo —dijo el señor Steve.

—Una noche, mientras cenábamos —contó Sarah—, un señor se estaba atorando con un trozo de comida y Erick tuvo que hacerle una traqueotomía.

—Qué bien que ustedes estaban allí —afirmó la señora Eve.

—Me alegro de que la hayan pasado de maravilla —añadió el señor Steve.

—¡Uf! Me marcho para la casa, que estoy cansada.

—Ok, me saludas a Erick —dijo Eve.

—Perfecto, ¡hasta luego!

Al llegar Sarah a casa, justo a la hora de cenar y bastante cansada, Erick le preguntó:

—¿Cuándo llenaremos la casa de niños, mi amor?

—Por ahora no, cariño. Esperemos un poco, por lo menos un año. ¿Qué te parece?

—Si por mí fuera empezaríamos ahora mismo; pero está bien, como tú quieras. Es solo que me encantan los niños.

—Sé que te fascinan los niños, a mí también me encantan, pero creo que en un año estaremos mejor preparados.

—Tienes mucha razón, mi amor. Vamos a descansar, que mañana tenemos que levantarnos temprano. Buenas noches.

Estando Sarah en el trabajo le comentó a su amiga que Erick ya quería tener hijos y que, sin embargo, ella le había dicho que esperaran un año.

—Amiga, sabes que a tu esposo le encantan los niños.

—Pienso que dentro de un año estaremos en mejores condiciones.

—Yo sí no me estoy protegiendo, así que en cualquier momento... Cuando Dios lo decida.

Finalizado su trabajo, Emma aguardó a que su esposo terminara de trabajar.

—Mi amor, tienes rato esperándome. Debemos adquirir otro auto, no es justo que debas permanecer aquí cuando ya has terminado tu día.

—Pero a mí no me molesta tener que esperar.

—Todo ese tiempo has podido estar en casa.

Diez meses después, Emma quedó embarazada.

Por esos días, el señor Steve llamó preocupado a Sarah para hablarle del comportamiento de su madre.

—¡Hola, hija! ¿Cómo estás?

—Bien, papá, ¿todo bien?

—No, hija, tu madre está bastante extraña. Cuándo puedes venir a la casa, que necesito hablar contigo.

—Saliendo del trabajo voy para allá.

Cuando llegó Sarah a casa de sus padres y vio a su madre, quedó anonadada al presenciar el cambio brusco que revelaba.

—¡Mamá! ¿Qué te pasa? ¿Por qué estás vestida así?

—Estoy cansada de vestir como si tuviera ochenta años. ¿Me veo mal?, ¿le estoy haciendo daño a alguien?

—No mamá, no te ves mal ni mucho menos le estás haciendo daño a nadie; pero, ¿por qué ese cambio?

—Estoy cansada de usar trajes largos como si fuera una monja, y que me hacen aparentar una edad que no tengo. No voy a dejar de vestir como lo estoy haciendo, porque me gusta y porque es mi cuerpo. Ahora me voy con mis amigas, que me están esperando. Hasta luego, hija; más tarde nos vemos, cariño.

Al llegar a casa, Sarah le comentó a su esposo la situación de su madre.

—Déjala, mi amor, si eso la hace feliz. No sabemos cuándo es el día en que partiremos de este mundo. Dices que no se ve mal y no está dañando a nadie; déjala ser feliz entonces.

—Por mí lo será, no sé mi...

Días después, Sarah le comentaba a Emma lo que estaba sucediendo con su madre, cuando de repente apareció la señora Eve, que, por cierto, lucía espectacular. Llevaba un vestido de crepé de dos piezas en color turquesa y el hermoso pelo rubio corto, que brillaba al caminar en la mañana soleada. Transmitía solo elegancia.

—Señora Eve, qué se hizo, que luce radiante.

—Gracias, Emma. ¿Cómo estás?

—Bien, gracias a Dios, señora.

—Ojalá mi hija pensara como tú.

—¿Qué haces aquí, mamá? —preguntó Sarah.

—Voy a un crucero con mis amigas y quiero que me acompañes a comprar algunas cosas que necesito para el viaje.

—¿Y mi papá va también?

—No, él no quiere ir. Le dije que viniera conmigo y me dijo con cara de pocos amigos que no quería ir a ningún crucero, así que voy sola con mis amigas.

—Ahora estoy trabajando. El domingo voy para la casa y hablo contigo.

Hallándose Sarah en casa de sus progenitores, su padre le dijo:

—Ahora se le ha ocurrido a tu madre, disque irse a un crucero con sus amigas. Te digo de antemano que si ella va a ese viaje, no sé lo que pasará entre nosotros. De jóvenes le propuse que fuéramos a uno y dijo que le daba mucho miedo estar en un barco y ahora, de repente, todo el miedo se le fue de un día para otro.

—¿Por qué no vas con ella?

—No quiero. Ahora también le ha dado por hacerse el cabello y las uñas, e irse de compras todo el tiempo. ¿Se está volviendo loca o qué?

—¿Dónde está?

—En el cuarto.

—Voy a hablar con ella y regreso.

—¡Hola, mamá! Dijo papá que quieres hacerte el cabello y las uñas todas las semanas, pensaba que solo era el cambio de ropa.

—Todos los días me la paso en el jardín. Si no estoy sembrando flores, les estoy regando agua, y me cansé de lo mismo todos los días. A veces me siento muy sola y deprimida.

Y ahora que he decidido dar un pequeño cambio, todos están en contra mía como si cometiera un crimen.

—Nadie está en contra tuya, solo deseamos lo mejor para ti porque te queremos mamá.

La señora Eve le indicó a Sarah que no estaba haciendo nada indecente, que se sentía feliz con su cambio. Le advirtió que fuera la última vez que se hablara del tema, que el viernes salía el crucero hacia el Caribe y que estuviera pendiente de su padre mientras ella regresaba, que solo sería por dos semanas.

Eve era una mujer de muy buenos sentimientos y buenos modales; cariñosa, bondadosa, hermosa e inteligente; solo que tenía un carácter fuerte, que decía lo que tenía que decir y a quién tuviera que decírselo sin ningún rodeo. Sarah había heredado el mismo carácter firme de su madre, siempre luchaba por lo que quería.

Llegó el fin de semana y la señora Eve se alistó para el crucero de catorce días por el Caribe.

—Steve, mi amor, me voy al crucero con mis amigas y regreso en dos semanas.

Steve ni le contestó. Estaba en la biblioteca leyendo el periódico. Era la primera vez que algo así sucedía con los esposos Spencer, siempre habían mantenido una buena comunicación entre ellos. Ahora todo se debía al cambio de la señora Eve. Dos semanas después regresó y se encontró con que su esposo estaba en el hospital. Al llegar al centro hospitalario sollozaba mientras preguntaba por su hija...

—¡Mamá! Ven, que te llevo con papá —le dijo Sarah.

—¿Qué fue lo que pasó?

—Le dio un derrame cerebral.

—¿Pero está grave? —lloriqueó la madre de Sarah—. Es mi culpa, no debí dejarlo solo.

—No, por suerte me llamó a tiempo y mandé la ambulancia enseguida —le explicó Sarah—. ¡Papá!, ¡mamá está aquí!

—¡Ay! Hola, mi flaco hermoso, lo siento mucho, perdóname por dejarte solo —le dijo Eve—. ¿Por qué no me contesta? —preguntó dirigiéndose a Sarah.

—Porque no te recuerda. Poco a poco va a ir recordando todo, solo tienes que tenerle paciencia, mamá.

Sentada en la cabecera de la cama, Eve no dejaba de tamborilear los dedos y de enjugarse las lágrimas, cuando Emma entró al cuarto y preguntó a Sarah:

—¿Cómo sigue tu papá, amiga? —preguntó Emma, y dirigiéndose a Eve, dijo—: Buenas tardes, señora Eve.

—Bastante mejor que como llegó. En unos días se irá a casa.

La señora Spencer miró a su esposo con mucha tristeza mientras este dormía, y le daba gracias a Dios porque estaba mejor. Ella lo siguió atendiendo como lo había hecho durante treinta años. Con el tiempo, él se recuperó por completo y nunca ella volvió a dejarlo solo. De hecho, estaban pensando irse de vacaciones juntos en un futuro.

CAPÍTULO 2

Nacimiento de Isabella

Emma y Tyson, prepararon una barbacoa un sábado soleado para anunciar a parientes y amigos que serían padres. Sin pensarlo dos veces, los esposos Wilson revelaron el motivo de la reunión: «Familia, amigos, los hemos reunido esta tarde para comunicarles que...»

—¡Emma está embarazada! —exclamó Tyson brincando—. ¡Vamos a tener un bebé!

—¿Cómo? —preguntó Sarah con una cara de felicidad y sorpresa.

—Sí, amiga, vas a ser tía.

—¡Voy a tener una sobrina, o un sobrino!

—Felicidades, amiga —Sarah titubeó—. ¡Voy a ser tía, qué felicidad!

Todos los invitados estaban tan emocionados que algunos quedaron atónitos. Erick y Sarah sentían una emoción especial por la noticia, ya que serían tíos. Emma les hizo saber a sus amigos que no solo serían tíos, sino que también serían los padrinos de su bebé.

—¿Estás hablando en serio?

—¡Nunca había estado más seria en mi vida!

Los allegados no dejaron de felicitar a los esposos Wilson. Cayó la noche, cerca de las ocho y quince, comenzaron a despedirse poco a poco. Los padres de Emma se retiraron a descansar, puesto que habían venido desde Virginia y estarían algunos días con su hija.

Pasaron los días y los padres de Emma decidieron regresar a su casa. Emma los llevó al aeropuerto donde se despidieron con un fuerte abrazo. Sus padres le recomendaron que se cuidara mucho y que cuidara de su nieta o nieto. El papá de Emma le dijo que la quería mucho con voz suave y entrecortada. También prometió que regresarían cuando fuera a dar a luz; ella era aún la princesa de papá.

De regreso a casa, Emma se detuvo en una plaza para comprar helado. Mientras comía, volteó hacia la izquierda y se percató de que allí había un almacén para bebés.

Caminó sonriendo hacia la puerta y entró.

—Buenas tardes —dijo una linda joven—. ¿En qué la puedo ayudar?

Emma respondió emocionada diciendo:

—Buenas tardes, solo estoy viendo las ropitas. Estoy embarazada.

—Felicidades —dijo la linda muchacha —. Tenemos de todo aquí.

Emma se retiró no sin antes comunicarle a la muchacha que regresaría dentro de un tiempo.

Con el paso del tiempo, el vientre de Emma fue creciendo cada día más. Al cumplir cinco meses fue a la cita regular con su doctora, pues ella le había informado que el siguiente mes le estaría realizando un ultrasonido para asegurarse de que todo estaba bien. Emma le preguntó a la doctora si para ese entonces podría saber el sexo del bebé, puesto que quería empezar a comprar algunas cosas y pintar el cuarto de la criatura.

—¿Qué quieres, niña o niño? —preguntó la doctora, con atención.

—Lo que Dios me dé. Lo único que pido es que nazca sano.

—Entiendo, estoy de acuerdo contigo.

—Si no fuera porque quiero pintar el cuarto y hacer algunas compras, dejaría que fuera sorpresa.

Ese mismo día al salir del trabajo Leo, el hermano de Erick, se encontró con un señor que le dio la sorpresa al hacerle un descubrimiento extraordinario.

—¡Hola! Mi nombre es Luke Reed.

—¿Lo conozco? ¿Puedo ayudarlo? —preguntó Leo.

—No encuentro la manera más fácil para decirte esto.

—Decir qué, ¿quién es usted y qué quiere?

—Yo, yo soy tu padre.

—¡¡¡Qué!!!

Leo frunció el ceño y le indicó a aquel señor que había tenido un día largo y pesado, y que no estaba para bromas estúpidas. Cuando Leo se disponía a retirarse, el señor Luke lo agarró de los brazos pidiéndole que se detuviera por un momento. Insistió en que, en verdad, él era su padre, y le contó que había sido el primer esposo de su madre. Estando casados, él se había enamorado de otra mujer que lo sedujo para vengarse de él por no haberla contratado en la empresa en la que trabajaba en esa época. Su madre se enteró, lo echó de la casa y le pidió el divorcio.

—Usted disculpe, pero creo que me está confundiendo. Mi padre se llama Nicholas Miller —aclaró Leo un poco nervioso.

Leo, desconcertado por lo que le había dicho aquel desconocido, se retiró muy inquieto. Al llegar a casa, de inmediato fue a donde estaban sus padres y preguntó con los ojos llenos de lágrimas:

—¿Papá, tú eres mi padre?

—¡Claro! Claro que soy tu padre. ¿A qué viene esa pregunta?

—Saliendo del trabajo me encontré o, mejor dicho, me encontró un señor que dice ser mi padre. Su nombre es Luke Reed —agregó.

Cuando su madre escucho aquel nombre, abrió los ojos como un plato, se puso pálida y agitada, lo que indicó a su hijo que algo no estaba bien. Al darse cuenta del nerviosismo de su madre, se dirigió a ella y le preguntó:

—¿Quién es ese señor mamá?

La señora Zoey preocupada, inquieta y con los ojos llorosos le anunció a su esposo que era tiempo de que Leo supiera la verdad, por más dura que fuera.

—¡No, mi amor, Leo es mi hijo! —gritó el señor Nicholas, devastado y con pocas fuerzas.

—En efecto, ese señor sí es tú padre —exclamó su madre con mucha tristeza.

—¿Cómo que mi padre? Él no es mi padre. ¿Por qué me hicieron eso? ¿Por qué no me dijeron nada? ¡Toda mi vida es una mentira! Toda la vida pensando que eras mi padre y ahora resulta que no lo eres. ¡Por qué me engañaron de esa manera!

—Yo soy tu padre. Aunque no te di la vida, yo soy tu papá y tú eres mi hijo. Siempre te di todo el amor, el cariño y el respeto que un hijo busca en un padre —gritó ahogado sentándose en el sofá.

Zoey le explicó a su hijo que quiso mucho a su padre, pero que él la había engañado con otra mujer durante casi un año, una mujer que solo quiso vengarse de él; y aclaró que no había sido solo con ella, sino también con cuantas mujeres le pasaban por delante. Finalmente, un día se armó de valor y decidió pedirle el divorcio. Ella quedó prácticamente en la calle, sola y con un bebé. Desesperada, confundida y decepcionada de él y de la vida, cayó en una profunda depresión durante varias semanas; pero se armó de valor y, cambiando los pensamientos negativos por pensamientos positivos y realistas, levantó la cabeza diciéndose a sí misma que tenía que salir adelante por su hijo, con lo cual reactivó su vida.

—Ustedes debieron haberme dicho todo esto. Yo tenía derecho a saber la verdad —insistió Leo caminando de un lado hacia el otro con las manos en la cabeza —. ¡No lo puedo creer!

Enjugándose las lágrimas y con la mirada perdida, Zoey no dejaba de pedirle disculpas.

—Perdónanos, hijo. Nunca fue nuestra intención hacerte daño. Solo hicimos lo que pensábamos que era mejor para ti en ese momento.

—¡Mejor para mí, o para ustedes!

Atónito, Leo decidió irse hacia la casa de su hermano Erick. Los padres de Leo le rogaron que no se marchara, pero él no entendía razón; de modo que muy enojado, confundido y defraudado por sus padres, se retiró. Al llegar a casa de su hermano, Erick notó que Leo tenía los ojos llorosos y este lo abrazó inmediatamente con mucha fuerza.

—¿¡Qué te sucede hermano!? —preguntó Erick, alterado.

—Me acabo de enterar de que nuestro padre no es mi papá.

—¡Qué diablos estás diciendo!

Leo le explicó toda la situación a su hermano, quien no salía del asombro. Frunciendo el ceño le dijo a Erick que solo eran medio hermanos. Erick le aclaró que ellos no eran medio hermanos, que eran hermanos de sangre y de corazón, que nadie ni nada cambiaría eso y que, aunque no estaba de acuerdo con que sus padres le hubieran ocultado todo, lo único que sabía era que sus padres lo querían mucho, y le recalcó que nunca olvidara eso.

—¿Puedo quedarme unos días aquí, por favor?

—¡Claro que sí! Puedes quedarte todo el tiempo que sea necesario.

—Gracias, solo será por unos días, no quiero regresar a casa ahora mismo.

—Hasta mañana y trata de descansar.

—Gracias por todo, hermano.

Erick se encaminó hacia su cuarto desorientado, melancólico y a la vez desconcertado por todo lo que había oído.

—¿Qué le pasó a Leo, mi amor?

—Se enteró de que mi papá no es su papá.

—¡Por Dios Santo! —exclamó Sarah, abriendo los ojos como platos— ¿Tú sabías que el señor Nicholas no era su padre?

—¡Por supuesto que no! —dijo Erick con tristeza y un poco alterado—. Me estoy enterando ahora mismo, al igual que mi hermano.

—¿Y tú cómo te sientes, cariño? —preguntó Sarah, mientras abrazaba a su esposo.

—Muy triste y desorientado al ver a mi hermano sufrir como está sufriendo —dijo Erick—. Ahora solo hay que darle su espacio y su tiempo. Me pidió quedarse unos días con nosotros.

—Por supuesto, mi amor, todo el tiempo que sea necesario. No te preocupes que todo se va a arreglar.

El día siguiente al llegar al trabajo, Erick fue a la oficina de su amigo y le contó todo.

—Siento mucho por todo lo que está pasando tu familia —dijo Tyson—. Sabes que puedes contar conmigo para lo que sea. Hay que darle tiempo; déjalo que piense las cosas y procese todo por lo que está pasando. ¿Y cómo están tus padres con toda esta situación?

—No lo sé. Al salir del trabajo voy a pasar por la casa para ver cómo están.

—Leo tiene que entender que a pesar de todo por lo que está pasando, sus padres lo quieren mucho y han tenido sus motivos para hacer lo que hicieron.

El señor Luke, padre biológico de Leo, lo esperó una vez más al salir del trabajo.

—¡Hijo!

—¡Usted a mí no me llame hijo! Se lo digo una vez más y se lo vuelvo a repetir, yo solo tengo un padre y se llama Nicholas Miller. ¿A qué vino? ¿A destruir a mi familia?

—Yo lo único que quería es conocerte y que me conozcas. Estoy muy arrepentido por todo el daño que le causé a tu madre en el pasado.

—Yo no pedí conocerte, así que te puedes ir por donde llegaste.

—Me alegro mucho de que tu madre encontrara un buen hombre que se haya responsabilizado de ti. Me doy cuenta de que te quiere mucho, ya que te dio su apellido e hizo de ti un buen hombre.

—Hizo de mí lo que tú no hiciste.

—Hace nueve meses que salí de la cárcel por haber asesinado a esa mala mujer que destruyó mi vida.

—¿Ella destruyó tu vida? ¡No, no, no! —respondió Leo con desdén—. Te la destruiste tú mismo al serle infiel a mi madre, sabe Dios con cuantas mujeres.

—Tienes mucha razón. Espero que algún día tu madre y tú puedan perdonarme —musitó Luke con tristeza mientras hablaba—. Nosotros los seres humanos tenemos que aprender que cada decisión que tomamos en esta vida tiene consecuencias, ya sea para bien o para mal, pero sin duda tiene consecuencias. Adiós, hijo.

Al retirarse, el padre de Leo se encogió de los hombros. Resoplando cansado y con la cabeza hacia abajo, se alejó con lentitud.

Erick fue a casa de sus padres. Primero habló con su madre para luego hacerlo con su padre.

—¿Dónde está mi papá? —le preguntó.

—En su cuarto. Desde ayer no ha salido de allí.

—Leo está conmigo, así que no te preocupes. Solo dale tiempo. Voy a hablar con papá.

—Buenas noches papá cómo estás, ya Leo me contó todo lo que está pasando.

El señor Nicholas le confesó a su hijo Erick, que tenía mucho miedo de que Leo lo dejara de querer, ya que no lo soportaría. Su madre y él no le habían dicho nada para que en un futuro no se sintiera como se estaba sintiendo en ese instante y para que no albergara rencor por su padre debido a todo el sufrimiento que le había causado a su madre.

Erick confesó que le dolía mucho que su madre hubiera tenido que pasar por todo lo que pasó y que estaba seguro de que su hermano los adoraba a los dos, pero que no lo buscaran, que cuando estuviera listo regresaría junto a ellos. También le indicó que Leo estaba en su casa y que tenía que comer, pues su madre le había comunicado que no quería hacerlo y ni había salido del cuarto. Erick se despidió de su padre con un beso y un gran abrazo para regresar a conversar con su madre y expresarle que sentía mucho todo lo que había pasado. Asimismo, le dijo que no se preocupara, que pronto todo volvería a ser como era antes.

—Te quiero mucho —dijo Erick, sonriendo—. Me retiro, que Sarah debe de estar preocupada.

—Ok, hijo, cuídate.

Luego de dos semanas de tanta tensión y angustia, Leo regresó a casa.—¡Hijo mío! ¿Cómo estás? —preguntó su madre, con un brillo en los ojos.

—Primero que nada, quiero pedirte perdón por la forma en que me fui de la casa y por juzgarte a ti y a papá como lo hice; y segundo, quiero que sepas cuánto siento lo que te ocurrió en el pasado.

—Siento mucho no haberte dicho que Nicholas no era tu padre.

—Él es el único padre que conozco y el único a quien quiero —afirmó Leo frunciendo el ceño—. ¿Dónde está? Voy a verlo.

— Leo entró al cuarto cuando el señor Nicholas estaba viendo la televisión.—¡Papá!

—¡Hijo! —exclamó el señor Nicholas—. ¡Hijo, hijo, estás aquí!

—Sí, estoy aquí, y no para reprocharte nada —dijo Leo sentando a su padre sobre la cama—. Solo para que sepas que te quiero mucho y que eres el único papá que tengo y quiero. Cada hora, día y año seguirás siendo el gran hombre que toda la vida he admirado. Soy quien soy gracias a ti; en todo momento serás mi papá del alma.

Se dieron un fuerte apretón de manos con los ojos llenos de lágrimas. Después de unas horas de conversación, por pedido de Tyson, Leo fue a recoger a Emma al centro hospitalario donde ella se hacía la revisión mensual de su embarazo, ya que a aquel se le había presentado una cirugía de imprevisto en el hospital ya que tuvo que volver con su doctora.

Emma regresó al hospital con Leo y le anunció a su esposo que el bebé estaba en perfectas condiciones, pero que de igual manera la doctora le practicaría un ultrasonido para poder verlo por dentro y asegurarse de que estaba bien, como lo había indicado la doctora. Tyson estrechó a su esposa entre sus brazos, y le dio gracias a Dios porque todo marchaba perfectamente.

—Gracias a Dios que todo está conforme a su voluntad.

—Así es, mi amor —dijo Erick, mientras recibía una llamada por altavoz—. Mi amor, nos vemos más tarde en la casa, que tengo una reunión importante.

—Ok, cariño —respondió Emma, despidiéndose de su esposo con un beso, para luego marcharse ella también—, nos vemos en la casa.

Días después, Erick y Sarah fueron a casa de sus amigos, Tyson y Emma. Como siempre hacían, después de cenar se pusieron a ver películas. Emma les comunicó que el próximo mes sabrían cuál sería sexo del bebé, y Sarah emocionada les preguntó si podía acompañarlos a la cita, puesto que estaba ansiosa por saber si era niña o niño.

—¡Amiga! No tienes que preguntarme eso, sabes que eres como mi hermana y que te quiero mucho. ¡Claro que puedes venir!

—¡Gracias amiga!, yo también te quiero mucho.

Pasaron los días y los amigos siguieron con sus vidas. Siempre sacando tiempo para sí mismos y para sus familias, los esposos Miller fueron a pasar el domingo a casa de los padres de Sarah, quien ayudó a su madre a preparar el almuerzo, mientras Erick y el señor Steve miraban un partido de fútbol. El padre de Sarah estaba contento con la compañía de su yerno. Erick siempre resultaba agradable para cualquiera, debido a que era muy alegre sin extralimitarse, divertido sin convertir todo en una payasada y, además, humilde, pues compartía sus conocimientos y admitía cuando se equivocaba. Era una persona capaz de conocer y aceptar las propias limitaciones y debilidades, y permitía obrar a los demás de la manera que lo consideraran. Era amoroso, atento con todos, en particular con su familia, pero, sobre todo, muy inteligente y al mismo tiempo muy atractivo, para no decir «lindo».

Llegó el viernes y también el día de la cita de Emma con la doctora. Sarah arribó primero al consultorio, momentos después lo hicieron los esposos Wilson. Saludaron a su amiga y tomaron asiento. Minutos más tarde salió la doctora y les pidió que pasaran. La doctora le indicó a Emma que se fuera a la parte posterior del consultorio, se cambiara, se pusiera la bata que estaba en la camilla y se acostara, y le informó que enseguida estaría con ella. Minutos después entró junto con Tyson y Sarah, le puso el gel conductor y empezó a hacer movimientos circulares, mientras los demás observaban el monitor. Comenzó a mostrarles el corazón, la cabeza y las extremidades de la criatura. Al escuchar los latidos del bebé, Emma se emocionó. La doctora hizo la pregunta que todos querían escuchar.

—¿Están listos para saber el sexo del bebé?

—¡Sí! Estamos listos —contestó Sarah, muy emocionada.

—¡¡¡Es una niña!!!

—¡Una princesa! Mi amor.

—Mi sobrina.

Se mostraban superemocionados. Tyson y Emma se abrazaron dándose un beso; luego Sarah abrazó a su amiga felicitándola. Los tres salieron del consultorio con gran alegría.

—¿Qué nombre le pondremos? ¿De qué color pintaremos su cuarto? ¿A quién se va a parecer? —insistía Emma.

—Cálmate, mi amor, son tantas preguntas al mismo tiempo, poco a poco.

Regresaron al hospital y le dieron la buena nueva a Erick, quien sonriendo dijo: «así que una sobrina».

Al culminar sus horas de trabajo, Tyson y Emma se aproximaron a casa de sus amigos. Estando allí entre conversación y conversación, Emma le planteó a su esposo que tenían que contratar a una niñera para que les ayudara con la bebé.

—Está bien, cariño, lo que tú digas. Tenemos algunos meses más para eso.

—Sé que faltan algunos meses, Dios primero, pero no podemos dejarlo para lo último.

—¿Qué nombre le pondremos a nuestra princesa? —preguntó Tyson con una inmensa sonrisa en los labios.

—Hay un nombre que desde siempre me ha gustado.

—¿¡Cuál es ese nombre, amiga!? —preguntó Sarah con ansiedad—. ¡Dinos ya!

—El nombre que siempre me ha gustado es «Isabella», que significa «promesa de Dios».

—¡Guau! —dijo Tyson con el dedo índice en la mejilla.

—Lindo nombre —exclamó Erick—. Me encanta, Emma.

—Entonces que no se diga más, ¡nuestra princesa se llamará Isabella! —gritó Tyson dando saltos.

Pasadas unas semanas decoraron el cuarto de la bebé. Todo quedó espectacular. Las paredes estaban pintadas de color rosa con gris, unas cortinas de color rosa cubrían las ventanas y en el piso se extendía una alfombra también rosa y gris. Todos los muebles eran de madera de caoba cubierta con un barniz chocolate oscuro. En una pared colgaba el nombre de la pequeña en gran tamaño. En el interior se respiraba un aire de ternura y amor. Mejor no podría haber quedado.

Emma fue a su trabajo por última vez, por un periodo de cuatro meses. Cuando terminó su día laboral se despidió de sus compañeros, a quienes informó que el fin de mes estarían celebrando el *baby shower* y que todos estaban invitados.

Mientras pasaba el tiempo, Emma se relajaba en casa con mucho amor y paciencia en espera de su bebé.

Familiares y amigos de los esposos se reunieron para celebrar el *baby shower*. Los padres de Emma y su hermano Isaac, junto a su esposa Sophia y su bebé de apenas un año también asistieron. A Emma siempre le había incomodado la presencia de su cuñada a causa de que era una persona muy materialista, ambiciosa y, sobre todo, muy mezquina, que solo pensaba en sí misma sin importarle nada más. Era, sin condición, egoísta y egocéntrica; no veía más allá de sus propios intereses y gustos, como si todo girara en torno a ella. Tenía una gran belleza, pero con solo cruzar unas palabras con ella, en seguida te dabas cuenta de quién era. Al abrir la boca, su hermosura desaparecía instantáneamente.

Todos celebraban y se divertían. Fueron muchos los presentes que recibieron para la bebé. Mientras algunos disfrutaban de una rica merienda, otros se divertían con los juegos que Sarah había preparado días antes. Empezaba a oscurecer cuando la mayoría de los invitados comenzaron a retirarse. Como siempre, Erick y Sarah se quedaron.

—Todo quedó bien amigos, apreciamos que nos hayan ayudado —dijo Tyson.

—¡Sí! Gracias a Dios, todo salió bien.

—Siempre estaremos cuando nos necesiten —exclamó Erick, dándole un fuerte apretón de mano a su amigo.

—Gracias e igualmente, amigos —dijo Tyson.

Los padres de Emma, la señora Caroline y el señor Lucas Anderson, se retiraron a su cuarto para descansar. Parecía que a la señora Caroline le molestaba la presencia de los esposos Miller, pues nunca se reunía con ellos para conversar y pasar el tiempo. «Si ese fuera el caso, estaría en un callejón sin salida, puesto que desde la juventud ellos son los mejores amigos de su hija y de su yerno», pensó Amy, una compañera de trabajo.

Al día siguiente, en la hora del desayuno, Tyson les dio las gracias a sus suegros por haber viajado de tan lejos para estar con ellos.

—No te preocupes hijo, estoy feliz de poder ayudar; y acuérdate de que Isaac también vive en Nueva York y me llena de mucha satisfacción poderlo ver.

—¡Claro! Entiendo, señora Caroline.

—Que rápido pasa el tiempo. Ya mi nieta Cyntia tiene un año.

—Sí, el tiempo no espera a nadie.

Emma asistió a su última cita con la doctora y esta le dijo que todo estaba muy bien. Luego regresó a su casa para descansar y relajarse, en espera de la llegada de Isabella. Pero entre relajarse y relajarse, tras semanas, llegó el gran momento que todos esperaban: el del nacimiento de la pequeña

Isabella. El atardecer de un domingo, mientras Tyson y Emma se preparaban para recibir a unos amigos, Emma gritó:

—¡Tyson, Tyson!

—¿Qué pasó cariño?

—Se me rompió la fuente.

Alterada y asustada, le indicó a Tyson que llamara a la doctora. Este, de inmediato la llamó y también a sus mejores amigos; seguidamente corrió al cuarto de sus suegros para notificarles.

—Ha llegado la hora, Emma va a dar a luz —dijo Tyson muy asustado.

—¡Vayan ustedes, que nosotros iremos más tarde!

—Ok. ¡Voy a ser papá! ¡Voy a ser papá!

Llegaron a la clínica. La doctora la revisó y le dijo que pronto conocería a su bebé. Con el paso de las horas las contracciones fueron incrementando su intensidad. Los padres de Emma y la doctora notaron que Tyson estaba muy nervioso y la doctora le dijo para tranquilizarlo:

—No te preocupes, que todo va a salir bien.

—Ok, confío en usted.

Una hora más tarde llegaron Erick y Sarah. Entraron al cuarto y Sarah tomó a su amiga de la mano, diciéndole que estaba allí para acompañarla y que dentro de poco tendría en sus brazos a la pequeña Isabella. A las cinco de la madrugada la doctora la examinó otra vez y dio instrucciones para que se la llevaran a la sala de parto, pues ya era hora.

Todos esperaban noticias afuera. A las cinco y cuarenta y cuatro de la mañana Emma dio a luz a una hermosa bebé. Fue el momento más esplendoroso para los nuevos papás, el momento de conocer a su pequeña princesa. No podían contener sus emociones, lágrimas corrían por sus mejillas: era tan hermosa la pequeña. Media hora después, Tyson salió para informarles que la bebé había nacido y que mamá e hija estaban perfectas.

Los presentes estaban felices porque todo había salido bien. La enfermera trajo a la bebé para que la conocieran. Tenía los ojos grandes y brillantes y una mirada intensa. Su cabello era negro y abundante, y su piel era tan suave como la misma manta que la cubría. Algunos días después dieron de alta a Emma y regresó a casa con su hermosa bebé. Con el pasar de los meses, la pequeña Isabella fue creciendo de modo formidable. Los padres de Emma regresaron a su casa después de casi cuatro meses. Bañando a la pequeña Isabella, su madre le indicó que ya era tiempo de que la bautizaran. Tras bañar y dormir a la niña, Emma fue a descansar un poco. Cuando Tyson regresó a casa, su esposa le comunicó que quería bautizar a Isabella y él, muy de acuerdo, le respondió que cuando estuviera lista él estaría listo. El amor que sentían el uno hacia el otro era tan grande, hermoso y sincero.

—Amor, quisiera que Erick y Sarah fueran los padrinos de Isabella.

—Erick y Sarah son nuestros mejores amigos, son como nuestros hermanos. No podría acceder a que otras personas sean los padrinos de nuestra princesa. Los quiero mucho, al igual que ellos a nosotros. También quieren y adoran a Isabella, confío ciegamente en ellos —concluyó Tyson.

A pesar de que Sarah era de carácter un poco fuerte, tenía mucho amor por sí misma. Sabía que no era perfecta, pero aceptaba con sensatez cada una de sus imperfecciones; tenía su propia opinión y no se dejaba llevar por lo que decían los demás. Fundaba su opinión con base en lo que ella consideraba y creía; era muy inteligente y cultivaba su inteligencia día a día, leyendo e investigando. Además, desarrollaba su intelecto de diferentes maneras. Era muy hermosa; lo sabía, pero no lo presumía. Tenía unos bellos ojos azules, su cabello era rubio y largo y revelaba una sonrisa que era su mejor complemento.

—Mañana, cuando vengan, les daremos la noticia de que serán los padrinos de nuestra princesa —dijo Emma—, aunque ya se lo había comentado a Sarah el día que les comunicamos que íbamos a ser papás.

—Mi amor, tenemos que conseguir una niñera, en un mes retorno al trabajo —manifestó Emma, en voz baja—. Es la segunda vez que te comento sobre eso, cariño.

—Sí, tienes mucha razón, lo siento mucho, se me había olvidado por completo —se disculpó Tyson un poco desconcertado—. Mañana mismo empezaremos a buscar.

—Gracias. Mañana, Dios primero, llamaremos a algunas compañías de niñeras y les preguntaremos a nuestros amigos por si nos pueden recomendar alguna empresa o alguna persona.

—¿Cómo se comportó hoy mi princesa?

—Muy bien, no molestó en lo absoluto. Solo lloró cuando tenía hambre.

—Vamos a ver si ya despertó —dijo Tyson ansioso mientras se quitaba la corbata.

—¡Claro, amor!

Al día siguiente, Erick y Sarah se apersonaron a casa de sus amigos, tal como se lo habían pedido.

—Tyson y yo pensamos bautizar a Isabella en un mes y queremos que ustedes sean los padrinos de nuestra princesa.

—¡Por supuesto que sí! Es un honor para nosotros ser los padrinos y al mismo tiempo sus tíos —dijo Erick, para quien los niños eran su debilidad.

Tras cenar, Tyson y Erick fueron a la sala junto con Isabella; y Emma y Sarah recogieron los platos de la mesa y se dirigieron a la cocina. Allí Emma le preguntó si le sucedía algo, en vista de que la había notado un poco callada en la mesa.

CAPÍTULO 3

Sarah se enferma

—¡Ay, amiga! —dijo Sarah con tristeza—. Anoche Erick me dijo que estaba un poco pasada de kilos, y la verdad es que no sé por qué sigo aumentando de peso. Tú sabes que trato de comer saludable y corro en las mañanas contigo antes de ir al trabajo, y aun así, a veces no puedo concentrarme. No entiendo.

—¡Guau! ¿Qué será? —dijo Emma un poco preocupada—. ¿Por qué no dejas que Tyson te revise mañana en el hospital?

—No te preocupes, solo es el estrés de las horas extras que estoy haciendo.

Ejercitándose todas las mañanas y con una buena dieta balanceada, Sarah logró bajar de kilos y recuperar la concentración.

Es domingo y familias y amigos cercanos se dirigieron a la iglesia para asistir el bautizo de la pequeña Isabella. La bebé iba vestida con un traje blanco y lila, y llevaba un lazo blanco en su cabello. El sacerdote les pidió a los padres y a los padrinos que se desplazaran hacia adelante con la bebé.

—¿Cuál es el nombre de la bebé? —preguntó el sacerdote.

—Su nombre es Isabella Wilson —contestó Sarah, con la niña en brazos.

Una vez situados ante la fuente bautismal, el sacerdote derramó agua tres veces sobre la cabeza de Isabella y dijo:

—Isabella Wilson, yo te bautizo en el nombre del Padre, del Hijo y del Espíritu Santo.

La criatura, al sentir el agua sobre su cabeza, lanzó un grito y espantó por un momento al sacerdote, quien seguidamente les comunicó a Erick y a Sarah sus funciones como padrinos de la menor, las cuales consistían en velar por el bienestar de la niña, procurar que llevara una vida cristiana; mostrarle el camino a seguir a través del ejemplo y, finalmente, en convertirse en un guía para que creciera como una buena cristiana. Terminada la misa, se realizó un pequeño brindis en la casa. Mientras estaban en el jardín, Emma se acercó a Erick y Sarah, quienes estaban con Isabella, y les manifestó que ellos ahora también serían como sus padres y que sabía bien que siempre estarían para su princesa.

—Gracias por toda la confianza, Emma —dijo Erick marchándose con la bebé.

—Por cierto, ¿cómo va tu dieta? —preguntó Emma a Sarah.

—Bueno, amiga, una semana bajo un kilo y la otra subo dos.

—Tienes que revisarte, amiga.

—Erick me aclaró que nunca fue su intensión hacerme sentir mal, que solo notó cierto cambio en mi cuerpo y por eso me lo comentó —dijo Sarah un poco intranquila—. También me dijo que flaca o gorda, me iba a querer por toda la vida. Pero, igual, no puedo dejar de sentirme gorda.

Sarah le informó a Emma que la pediatra le había recomendado una niñera. La mujer había trabajado con ella hacía algunos años, pero que había tenido que prescindir de ella cuando se mudó para Miami y, al establecerse de nuevo en Nueva York, ya sus hijos eran adolescentes.

—Luego le digo a Tyson para que mañana hablemos con ella —dijo Emma muy agradecida y cansada—. Muchas gracias otra vez, amiga.

—Para servirte.

Una semana después de hablar con la niñera, esta llegó a la casa para instalarse y hacerse cargo de la bebé. Se llamaba Bianca Hill. Era una joven señora de buenos modales y muy buen parecer; su estatura era mediana y el pelo, castaño. De acuerdo con la recomendación dada por su compañera de trabajo, Bianca era madura y responsable, atenta y minuciosa, comunicativa, cariñosa, educada y con clara vocación por el cuidado infantil. Aunque esto último era obvio, a una niñera deben gustarles los niños y, al parecer, a ella le encantaban.

Después de cuatro meses, Emma regresó al trabajo un poco preocupada, lo que era explicable, ya que había dejado por primera vez a su adorada princesa. Cada hora llamaba a Bianca para saber cómo estaba la pequeña, y la niñera le repetía una y otra vez que estaba bien.

De nuevo Sarah empezó a engordar. No podía concentrarse y hasta tenía pérdida de memoria. Erick preocupado llamó a Tyson y le pidió que la revisara. Al día siguiente, Sarah fue al consultorio de Tyson en el hospital. Ella no quería ir, pero su esposo y su amiga la presionaron. Al terminar de examinarla Tyson le explicó:

—La razón por la cual aumentas de kilos, tienes dificultad para concentrarte y no recuerdas algunas cosas es porque tienes problemas con la tiroides.

—¿Qué? —preguntó Sarah un poco desconcertada—. ¿Qué tan mal está?

—Lamento decirte que hay que intervenirte porque la tiroides está creciendo.

—¿Cuándo sería la intervención?

—Tiene que ser lo más pronto posible —dijo Tyson—. Voy a arreglar todo para que sea dentro de una semana.

—De acuerdo, Tyson —contestó Sarah con voz temblorosa.

—No te preocupes, amiga, que todo va a estar bien.

—Sabes que a pesar de ser médico nunca me han gustado las intervenciones quirúrgicas y esta es un poco delicada.

Sarah regresó a su casa después de recibir su diagnóstico. Erick fue al consultorio de Tyson y preguntó por su esposa, en vista de que no la encontraba por ningún lado y estaba muy preocupado por su salud.

—¿Dónde está Sarah, Tyson?

—Salió de aquí hace unos treinta minutos, ya te iba a llamar.

—No la encuentro por ningún lado. ¿Qué tiene ella?

—Problemas con la tiroides. El cuerpo de Sarah está produciendo más hormonas tiroideas de lo que su cuerpo necesita, así que hay que intervenirla lo más pronto posible.

—¿Cuándo? —preguntó Erick con las manos en la cintura.

—En una semana.

Erick partió enseguida para su casa y Emma llamó a su amiga para saber cómo estaba, pues sabía que a ella no le gustaban las intervenciones.

Sarah se preparaba mental y emocional para la operación, que sería dentro de tres días. Al llegar al hospital, se dirigió hacia el cuarto asignado, a donde Emma llegó minutos más tarde para apoyar a su amiga.

—Buenos días, ¿Cómo te sientes?

—Un poco nerviosa, pero bien —respondió Sarah tomando la mano de Emma—. La intervención quirúrgica de la tiroides es complicada debido a la ubicación de la glándula, pues se encuentra en el cuello.

—Sí lo sé, pero confía en Dios, que todo saldrá bien. Además, confía en Tyson, que es uno de los mejores endocrinólogos de la ciudad. Anda a descansar un rato, que más tarde regreso.

—¿Cómo está mi pequeña Isabella?

—Creciendo de maravilla, ayer fue a su cita con la pediatra y todo está perfecto.

Seguidamente, Sarah fue ingresada a la sala de operación. Tres horas después salió Tyson y les comunicó a Erick y a Emma que la intervención había sido todo un éxito y que dentro de poco trasladarían a Sarah a su cuarto, en donde permanecería dormida por un rato más.

—Gracias, Tyson —le dijo Erick.

—No tienes nada que agradecer —dijo Tyson—. Te recomiendo que pidas tus vacaciones ahora que Sarah tiene que estar en reposo por un tiempo —Añadió.

Pasaron los meses y los años y la pequeña Isabella cumplió cuatro añitos. Sus padres le hicieron una fiesta, en la que se reunieron todos una vez más para celebrar que la niña estaba creciendo muy rápido, hermosa, alegre, y, sobre todo, muy sana. La fiesta era de Minie Mouse. Su vestido era de color rojo con negro como el de Minie, y la pequeña alumbraba a todos con su hermosura y energía. Fue una tarde increíble. Todo el jardín estaba decorado con distintas clases de globos con los mismos colores del vestido. Los niños corrían y jugaban con los payasos, los magos y los bailarines. Emma no podía creer que su princesa ya tenía cuatro años.

Algunas semanas después, al salir del trabajo Tyson y Erick, decidieron ir a un bar a tomarse unas copas y a relajarse un poco, puesto que habían tenido un día muy estresante. Mientras conversaban, se acercó una vieja conocida de la secundaria de Erick, acompañada por una amiga.

—¡Erick! ¿Te acuerdas de mí? —preguntó la mujer emocionada—. Soy yo, Nathalie.

—Claro que me acuerdo de ti.

—Nunca pensé encontrarte aquí —dijo Nathalie—. ¡Cuántos años sin verte!

—¿Quieren tomarse algo? —preguntó Erick.

Charlando pasaron las horas muy rápido. Tyson miró su reloj y le susurró al oído a Erick que eran las diez de la noche y que ya era hora de que se fueran, pues Emma y Sarah se preocuparían. Nathalie se percató de lo que Tyson le decía a su amigo y les pidió que se quedaran un rato más. Erick accedió, pero Tyson le dijo que no podía permanecer allí por más tiempo.

—Ok, vete tú, que yo me voy a estar un rato más y luego me resguardo.

—¿Estás seguro, amigo?

Erick se quedó muy bien acompañado por las féminas. Poco a poco fue perdiendo la lucidez y decidió marcharse.

—Yo me retiro, son las once de la noche y mi esposa debe estar preocupada.

—Te acompaño a tu auto.

Estando afuera, Nathalie, al despedirse, le dio un beso a Erick y él correspondió sin dudarlo. Erick llegó a casa bastante tomado y Sarah le preguntó:

—¿Dónde estabas amor?

—Estaba con Tyson, tomándonos unas copas.

—Bueno, acuéstate, que estás tomado —le dijo Sarah.

Al día siguiente, Erick se dio cuenta de que su camisa estaba manchada de lápiz labial y decidió esconderla en el clóset con la idea de llevarla a la lavandería. Ese mismo día, Erick le comentó a Tyson lo que había pasado con su amiga Nathalie, y su amigo, asombrado, le dijo:

—¡Qué! ¡¿Estás loco?! Cómo le vas a hacer eso a Sarah. Tienes que contarle.

—Pero solo fue un beso y estaba pasado de copas.

—Eso no te justifica.

—Además, no significo nada para mí; aunque te confieso que me gustó el beso. Sin embargo, amo a mi esposa.

—¡¡¡Santo Cielo!!! Porque la amas, tienes que decírselo.

—¿Pero no te dije que fue solo un beso? A lo mejor creí que me gustó. Te repito que solo fue un beso.

—Sí, un beso que puede terminar con tu matrimonio. La confianza es la fe que una persona tiene en la otra. En ocasiones es muy difícil de conseguir, pero se puede acabar en un cerrar y abrir de ojos. Así que como amigo te estoy pidiendo que hables con tu esposa, y cuanto antes mejor.

A la hora del almuerzo, Sarah y Emma fueron a la cafetería y comentaron entre sí lo que habían hecho los muchachos.

—Los señores estuvieron anoche en un bar —dijo Sarah—. Erick llegó a las once y media de la noche.

—Qué raro, Tyson llegó a las diez y media.

Estando ambos en la casa, Sarah le preguntó a Erick:

—¿Con quién te quedaste anoche en el bar? Emma dijo que Tyson había llegado a las diez y media de la noche.

—¿Te acuerdas de Nathalie, la de la secundaria?

—Sí, claro que la recuerdo; si siempre estaba detrás de ti.

—Bueno, mientras Tyson y yo nos tomábamos unas copas y conversábamos, ella se acercó con una amiga y las invitamos a que se sentaran con nosotros —dijo Erick nervioso—. Cuando Tyson estaba listo para irse, ella me pidió que me quedara un rato más para, así, ponernos al día.

En las semanas siguientes, Nathalie no dejaba de llamar a Erick todos los días, a pesar de que él ya le había pedido que no lo hiciera más, puesto que amaba a su esposa con toda su alma y no quería perderla por una tontería. Erick le comentó otra vez a Tyson y este insistió en que tenía que decírselo a Sarah antes que se enterara por otro lado, pero él tenía miedo del modo en que reaccionaría ella por el beso, ya que su carácter era muy fuerte. Un día mientras Sarah estaba limpiando el cuarto, encontró la camisa manchada de lápiz labial que Erick había escondido. Muy enojada, se dirigió hacia la sala, donde se encontraba su esposo, y le preguntó:

—¡¿Qué significa esto?!

—Déjame que te explique, mi amor.

—¡No me digas mi amor! —lo increpó Sarah.

—La noche que estuve en el bar, Nathalie me beso cuando se despedía de mí.

—¡¡Qué!! —gritó Sarah—. Y por qué no me dijiste nada.

—Porque sabía que reaccionarías así.

—¿Y cómo querías que reaccionara? —exclamó Sarah bien molesta—. Querías que fuéramos a un restaurante y celebráramos.

—No, mi amor, solo fue un beso y no significó nada para mí.

—Aléjate de mí, no quiero verte —Sarah, enojada, le pidió a Erick que se fuera de la casa.

Erick estuvo en casa de su amigo durante algunos días, triste y deprimido por toda la situación. Por su parte, Sarah estaba molesta, no tanto porque hubiera besado a Nathalie, sino porque él se lo había ocultado.

Días más tarde Sarah fue a casa de sus amigos, habló con su esposo, y lo disculpó y le pidió que, por más dura que fuera una situación, nunca le mintiera ni le ocultara nada. Erick, feliz, apapachó a su esposa y se regresaron a su casa.

—Te amo, mi amor —dijo Erick muy contento—. Te extrañé todos estos días.

—Yo también te extrañé, cariño.

Días después, Emma le preguntó a su amiga si todo estaba bien con ella y con Erick, ya que la sentía un poco triste.

—Amiga, ¿qué te sucede? ¿Por qué estás así si ya todo se arregló?

—Entre nosotros todo está bien, lo que pasa es que quiero embarazarme y no puedo.

—No estés triste amiga, que me haces sentir triste a mí también.

—Ya no sé qué más hacer, llevo tres años tratando de quedar embarazada y nada. Tú mejor que nadie sabes lo mucho que a Erick le encantan los niños.

—Sí, lo sé, pero tu esposo no te va a presionar por eso.

—Estoy desesperada, no sé lo que voy a hacer si no le doy un hijo a Erick. Estoy cansada de estar yendo de doctor en doctor y que todos me digan lo mismo —explicó Sarah mientras se enjugaba las lágrimas—. Siempre dicen que no saben por qué no logro embarazarme si todo está bien conmigo y con Erick. Estoy tan desesperada que he pensado en buscar ayuda fuera del país. No termino de entender por qué nos tiene que pasar esto. El tiempo se me está terminando, ya tengo veintinueve años y me duele mucho no poderle darle un hijo a Erick —musitó con tristeza y casi sin fuerzas—.Ya no puedo más, Emma, siempre que veo a una madre con su bebé, me lleno de tanto dolor al pensar que yo no podré ser madre nunca.

—No digas eso. El tiempo de Dios es perfecto, y si todos los doctores han dicho que Erick y tú están bien, es porque es así.

—¿Y por qué no logro quedar encinta? —exclamó Sarah bastante molesta.

—Cuando menos te lo esperes, vendrá esa criatura que tanto anhelan, y si quieres escuchar otras opiniones de otros especialistas, sabes que cuentas conmigo siempre.

—Gracias, amiga.

Una vez en la casa, Sarah le planteó a su esposo con tristeza que no sabía lo que pasaría con ellos si ella no lograra darle los hijos que él tanto deseaba, pues habían recurrido a varios doctores y todos les seguían diciendo lo mismo. Erick, muy comprensivo, le pidió que no se preocupara, había que tener paciencia.

—No me pidas que tenga paciencia, que por tres años la he tenido. Es lo que me ha mantenido de pie, pero siento que se me está agotando.

Sarah, desesperada, enojada y frustrada, no cesaba de enjugarse las lágrimas.

—Mi amor, siento mucho que estés sufriendo. Si quieres podemos consultar otro médico.

—¡Otro más! Estoy cansada, ya no sé ni cuántos especialistas hemos consultado… Pero está bien, de acuerdo, aunque será la última vez.

—Como tú digas, amor.

—No puedo hacerme esto más. Siempre que no hay buenos resultados, me deprimo mucho, hasta el punto de que a veces siento volverme loca.

Emma acompañó a su amiga al especialista, quien le hizo todos los exámenes correspondientes. Tres semanas después regresaron y por desgracia o fortuna, los resultados eran los mismos. Sarah sintió mucha tristeza al escuchar los resultados. Lloraba desconsolada y Emma estaba destrozada, sentía mucha impotencia al ver que su mejor amiga sufría y que ella no podía hacer nada para calmar su dolor.

—No llores más, Sarah, trata de quitarte todo esto del pensamiento por un tiempo.

—No soy nada —dijo Sarah llorando—. De qué me sirve ser una doctora exitosa y tener dinero, si no tengo con quien compartirlo.

—No digas eso, hagamos un viaje, vámonos a donde tú quieras —propuso Emma mientras unas lágrimas corrían por sus mejillas—. No te imaginas cuánto me duele verte sufrir.

—No te preocupes, no lloraré más.

—Quiero que despejes y relajes tu mente. Así, cuando menos te lo esperes, estarás embarazada. Dios no duerme y no te va a dar más de lo que no puedes cargar.

—Está bien —dijo Sarah suspirando.

—Sigamos orando y confiando en Dios.

—No nací para ser madre, que se cumpla la voluntad de Dios.

—Ni tú ni yo sabemos cuál es la voluntad de Dios —observó Emma—. ¿Quieres que vayamos para algún lado?

—No, quiero irme a casa; estoy cansada física, emocional y mentalmente. Dale muchos besos a Isabella de mi parte y dile que la quiero mucho. El fin de semana voy a verla.

—No te voy a dejar sola, así que vámonos.

—Gracias por estar siempre a mi lado.

—Siempre. Eres mi mejor amiga, mi hermana de corazón y te quiero mucho. Todos los días le doy gracias a Dios por ponerte en mi camino.

Sarah conversó con su esposo y le anunció que daba por terminado ese tema y que ese problema quedaría en el pasado. Si deseaba el divorcio, se lo daría para que él intentara hacer su sueño realidad con otra persona, pues con ella no podía cumplirlo. Pero Erick se negó en absoluto.

—Jamás, mi amor. Yo te amo y nunca me apartaré de tu lado. Si quieres, en un futuro podemos optar por adoptar —propuso Erick muy conmovido y dolido por su esposa.

—Gracias por quererme tanto —dijo Sarah—, pero por ahora no quiero pensar en eso y te pido que respetes mi decisión.

—De acuerdo, como tú quieras, mi amor.

Erick abrazó a Sarah, y ella se quedó dormida entre sus brazos.

CAPÍTULO 4

Isabella empieza la escuela

Como todos los años, los esposos Wilson decidieron tomar al mismo tiempo sus vacaciones por un mes para, así, pasar más tiempo con su princesa, ya que los dos tenían un trabajo muy agotador y un calendario saturado. La llevaron a Disneyland. El parque temático, situado en Anaheim, California, tiene muchas actividades tanto para los niños como para los adultos. Isabella estaba muy contenta, ya que era su sueño ir allí. El parque celebra los mundos de ayer, de mañana y de fantasía, con atracciones clásicas, entretenimiento deslumbrante y momentos mágicos que duran toda la vida. Al regresar a Nueva York, fueron al zoológico, al cine y a la playa, que era uno de los lugares favoritos de la niña. Isabella era una niña muy sana, pero sobre todo muy feliz.

Cuando la pequeña Isabella cumplió los seis años, Erick, Tyson, Emma y Sarah junto con Isabella fueron a un crucero por el Mediterráneo y tuvieron el placer de visitar España, Montenegro e Italia. Se maravillaron con la arquitectura de España y sus famosas playas, también se pasearon por antiguas ciudades de Italia como Florencia y Venecia y, no faltaba más, fueron al Museo Nacional y al Monasterio de Ostrog de Montenegro, entre otros lugares. Isabella era una niña muy afortunada; siendo apenas una pequeña, tenía el privilegio de conocer muchos países. Fue un viaje que todos disfrutaron al máximo, en especial Isabella, dado que sus padrinos habían ido con ellos. Sin duda fueron unas vacaciones espectaculares. Al regresar del viaje, cuando Emma preparaba a Isabella para acostarse la niña agradeció a su madre tan maravillosa experiencia.

—Mamá, gracias por hacerme tan feliz llevándome a todos esos lugares hermosos —dijo bostezando mientras se le cerraban los ojitos.

—Eres lo más importante para nosotros, no te imaginas lo dichosos que nos hiciste el día que naciste. Dentro de unos meses comienzas la escuela, Dios primero.

—Sí, mamá, soy una niña grande.

—Mira, qué tan rápido has crecido —le dijo Emma al retirarse del cuarto—. A dormir ahora.

—Hasta mañana, mami.

—Que descanses, mi amor.

Llegó un día importante para los Wilson, el primer día de clases de Isabella. Al estar en la escuela no quería quedarse, creía que tenía que regresar con sus padres. Emma habló con ella y le explicó que debía permanecer allí hasta más tarde, pero empezó a llorar. La maestra conversó con ellos y les hizo saber que el comportamiento de Isabella era normal. Les pidió que se retiraran y les aseguró que la niña estaría bien y que ella los llamaría si era necesario.

En el trabajo Sarah le preguntó a Emma:

—¿Cómo le fue a Isabella en su primer día de escuela?

—Se quedó llorando. No queríamos marcharnos, pero la maestra nos aseguró que nos llamaría si no dejaba de llorar.

—¡Ay, no! Pobrecita mi pequeña —dijo Sarah un poco angustiada—. Espero que se acostumbre pronto.

Al día siguiente, desayunando, Emma le dijo a Isabella:

—En pocos meses cumplirás siete años, ¿Qué quieres para tu cumpleaños, mi amor?

—Quiero que papá y tú me lleven al cine. Salió una nueva película animada y me gustaría ir a verla con ustedes.

—Ok, te llevaremos a ver esa película que deseas ver. Me parece excelente.

—¡Gracias, mamá!

—De nada, mi princesa, la pasaremos chévere.

Semanas después, Isabella empezó clases de *ballet* en una escuela muy reconocida por todas las medallas y trofeos ganados en el transcurso de su trayectoria. Era impresionante cómo la niña mostraba tanto interés por el baile y cómo al pasar los meses se emocionaba más y más. Sus padres estaban muy orgullosos de ella.

Días más tarde, estando en el trabajo, Erick fue al consultorio de su amigo para ir a almorzar juntos. Mientras lo esperaba, Erick le comentó a Tyson la muerte de un amigo de Leo, que había fallecido mientras dormía de un ataque fulminante del corazón y había dejado a su esposa y a sus hijos sin nada.

—¡Qué triste situación! Lamento escucharlo. Es por eso que Emma y yo tratamos de ahorrar lo más que podamos, puesto que nunca se sabe lo que nos depara el futuro.

—Tienes mucha razón, amigo.

Era el cumpleaños número siete de Isabella, sus padres la felicitaron dándole muchos besos y abrazos y la sorprendieron con muchos regalos. Ella se despertó feliz, como todos los días. Tyson y Emma estaban muy sorprendidos por la forma en que su princesa estaba creciendo, tan rápido y tan hermosa. Aún tenía esa mirada penetrante y, al mismo tiempo, tan tierna y la cabellera inmensa, larga y rizada, igual que su madre.

—Acuérdense de que más tarde nos vamos para el cine.

—¡Claro que sí, mi princesa hermosa! —exclamó su padre al retirarse de la cama.

Al caer la tarde, el director del hospital llamó a una reunión de emergencias a la que todos los doctores tenían que asistir. Pasadas varias horas, Emma, preocupada, le indicó a Tyson que tenían que retirarse en unos minutos. Media hora después, terminó la reunión y salieron de prisa para ir a casa y recoger a Isabella. Pero cuando llegaron ya se había dormido llorando, esperándolos para ir al cine. Al despertar en la mañana, la niña fue hacia la habitación de sus papás y les preguntó:

—¿Por qué no llegaron ayer para que fuéramos a ver la película?

—Perdónanos, mi amor.

—Ustedes me prometieron que iríamos.

—No va a volver a pasar.

—El próximo fin de semana te llevaremos, si Dios lo permite.

En ese mismo momento Emma recibió una llamada de la escuela de *ballet*. La maestra le comunicó que Isabella había sido seleccionada para bailar en un concierto que se realizaría el Día de las Madres, pues ella era una de las mejores bailarinas. Emma les informó a Tyson y a Isabella sobre la llamada que acababa de recibir y esta última se puso a correr y a brincar emocionada por toda la casa.

—Vamos a desayunar, que tienes que ir a la escuela y nosotros al trabajo.

—Ok.

Tyson invitó a los esposos Miller a cenar para proponerles un negocio.

—Amigos, quiero plantearles algo. Desde que tengo uso de razón, nosotros cuatro siempre hemos estado unidos: donde está uno, está el otro. Si no nos encontramos en nuestras casas, nos hallamos en la de ustedes, o de vacaciones, o de paseos... Por una u otra razón, siempre estamos juntos. Para sellar esta gran amistad que hemos tenido desde la juventud, les propongo que demos un paso hacia adelante y que los cuatro seamos dueños de nuestro propio consultorio médico, es decir, que abramos nuestra propia clínica, ¿qué opinan?

—¡Guau! Yo estoy de acuerdo, no sé qué piensan las damas —dijo Erick emocionado por la propuesta.

—Nosotras también estamos de acuerdo.

—Perfecto —dijo Tyson sonriendo.

—Llevamos ocho años trabajando en el hospital y aunque estamos bien allí, creo que sería una buena oportunidad para que nos emancipemos —concluyó Erick.

—Bueno, primero que nada, tenemos que organizarnos a fin de hacer las investigaciones pertinentes para abrir nuestra clínica. Después tenemos que explorar el mercado, contar con una buena ubicación donde todos estemos a gusto, en especial, nuestros clientes, y darnos a conocer un poco más...

—Mañana empezaremos a averiguar todo al respecto y el martes vienen para acá a nuestra primera reunión.

—Excelente, allí estaremos, Dios primero.

Al llegar Isabella de la escuela, le comentó a su mamá que sus amiguitas le estaban preguntando por qué tenía tanto cabello.

—¿A ti te gusta tu cabello?

—Sí mamá, y mucho, porque es igual al tuyo.

—Bueno, mi amor. Si a ti te gusta, eso es suficiente. Siempre tienes que sentirte orgullosa de tus raíces, de dónde vienes y de quién eres.

—Sí, mamá, a mí me gusta todo de mí.

—Nunca permitas que nadie te haga sentir menos. Dios nos creó a cada uno de nosotros diferentes, pero nos quiere a todos por igual.

Emma, tras dejar a Isabella en la escuela, habló con la directora sobre el comentario que le habían hecho las compañeritas a la niña. Isabella no le había dicho a su madre que la molestaran ni, mucho menos, que se burlaban de ella; pero, con todo el problema con el *bullying*, era mejor prevenir que...

La directora le informó que aquellas niñas no eran de burlarse de nadie. Pero, para que Emma se retirara tranquila, mandó a llamar a las que le habían hecho el comentario. Con una voz muy tierna, la encargada del instituto les preguntó:

—¿Ustedes se estaban burlando del cabello de su compañera Isabella Wilson?

—No, señora directora, nosotras solo le preguntamos por qué tenía tanto cabello. Isabella es nuestra amiguita y la queremos mucho, además, nos gusta su cabello.

—Sí, a nosotras nos gusta su cabello. Es tan negro y brillante —dijo la otra niña.

—En esta escuela no se permite el *bullying,* señora Wilson.

—¿Qué es el *bullying*? —preguntó una de las niñas con mucha curiosidad.

—Luego hablaremos de eso, ahora regresen a su aula de clase.

—Ok, hasta luego, señora Wilson.

—Hasta luego, cariño, y disculpen la molestia.

Emma le pidió a la directora que la excusara y se marchó con un alivio en su mente y en su corazón.

Al caer la tarde, Tyson y Emma se dirigieron a casa de sus amigos para la primera reunión relacionada con su proyecto.

—Ya tenemos la ubicación, el diseño y la licencia para abrir nuestra clínica —dijo Tyson con una sonrisa de oreja a oreja.

—Solo nos falta una cosa para empezar con nuestro sueño —dijo Erick entusiasmado—. ¿Qué nombre le pondremos?

—A mí me gusta The Miller & Wilson Medical Center o The Wilson & Miller Medical Center. ¿Qué creen ustedes? Si no les parece bien, piensen en otro nombre para que lo evaluemos—propuso Sarah.

—¡Para mí The Miller & Wilson medical center está perfecto! —gritó Emma, alzando sus manos.

—Entonces así será, dentro de un año, Dios mediante, abriremos nuestra clínica y estaremos «juntos nuevamente».

Era fin de semana. Erick y Sarah se aproximaron a casa de sus amigos para pasar una tarde en familia. Al verlos, Isabella corrió hacia ellos, dando un salto de olimpiadas hasta caer encima de su tío.

—¡Tíos!

—¡Hola! ¿Cómo estás, mi amor?

—Estoy bien, tío.

—¿Cómo está mi princesa hermosa? —dijo Sarah.

—Estoy contenta de que estén aquí. ¿Se van a meter a la piscina conmigo?

—¡Claro que sí!

Mientras todos estaban en la piscina disfrutando de una maravillosa tarde, llegó el hermano de Emma con su familia.

—¡Hola, hermana! ¿Cómo estás?

—De maravilla, feliz de verte, ¿y tú cómo vas?

—Ya tenía rato que no te veía.

—¿Cómo están las cosas con tu esposa? —preguntó Emma—. Sé lo especial que es y el carácter que tiene. No me gusta meterme en tu vida, pero tienes que ser un poco más fuerte con ella y no complacerla en todos sus caprichos.

—Entiendo lo que dices porque he estado pensando lo mismo. La he malcriado hasta el punto que se ha vuelto prepotente, manipuladora, egoísta... —dijo Isaac muy indignado—. Ahora resulta que quiere cambiar de auto, cuando aún no tiene ningún año.

—Si no es necesario, no tienes porqué comprar otro y, además, ese está nuevo —reafirmó Emma ladeando la cabeza—. Nuestro auto ya tiene cuatro años y todavía está en perfectas condiciones.

Emma le explicó a su hermano que ellos habían comprado otro auto por la simple razón de que era necesario. De no ser así, no lo hubieran adquirido. Agregó que no se podía estar gastando dinero solo por gastarlo, porque hoy se podía tener, pero mañana sabría Dios. Además, era necesario hacer un plan para ahorrar, y más cuando se tenía una familia.

—¿Quieres comer algo?

—Dentro de un rato. Voy a meterme en la piscina con los niños.

Un rato después salió Cyntia de la piscina y se dirigió hacia la cocina.

—¿Mi amor, quieres comer algo? —le preguntó Emma.

—Sí quiero, tía. Tengo hambre, pero mi mamá no me deja comer nada que no sea vegetales —añadió la niña, asustada— porque dice que estoy gorda.

—¡¿Cómo?!

Emma le hizo un emparedado de queso con jamón. Era obvio que Cyntia tenía mucha hambre.

Después, salió y le dijo a su hermano que quería hablar con él. Isaac le pidió a Sarah que vigilara a los niños; él regresaría enseguida. Sophia estaba en otro mundo, no le interesaba lo que pasaba a su alrededor; solo quería relajarse y sentirse bien con ella misma.

—Cyntia me acaba de informar que no puede comer nada que no sea vegetales porque su madre dice que está gorda. ¿Qué es lo que está pasando, Isaac? —preguntó Emma, bastante enojada por la actitud de su cuñada—. La niña solo tiene ocho años. ¡Por Dios, Cyntia apenas es una niña! ¿Cómo que no la deja comer, disque porque está gorda?

—Yo no sabía de eso. ¿Es cierto lo que dice tu tía, Cyntia?

—Sí papá, es cierto. Mi mamá no me deja comer nada de lo que ella cocina, solo me sirve vegetales porque tengo que bajar de kilos.

—Anda y llama a tu madre.

—Dime, mi amor —dijo Sophia al llegar.

—¿Me puedes explicar por qué la niña se está alimentando solo con vegetales?

—¡Mírala! ¿No ves qué gorda está? —replicó Sophia, con cara de pocos amigos.

—Regresa a la piscina, mi amor.

—Sophia, lo que estás haciendo no está bien. Cyntia apenas tiene ocho años, es una bebé, ¡por Dios!

—¿Quién eres tú para decirme lo que está bien o no?

—¡Cierra la boca!

—Cyntia es mi hija, y yo sé lo que está bien para ella —dijo Sophia, faltando al respeto a Emma—. Tú crees que porque eres doctora puedes venir a decirme cómo criar a mi hija. Pues déjame decirte que estás muy equivocada.

—¡Cállate! Que estás diciendo puras estupideces y no voy permitir que le faltes al respeto a mi hermana y, mucho menos, en su propia casa.

—¡Y ella sí puede decirme lo que se le da la gana! —gritó Sophia alterada—. ¡Pues, no!

Desde la piscina se escuchaban los gritos de Sophia e Isaac. Sarah y Tyson, salieron del agua para averiguar lo que estaba sucediendo.

—¿Qué está pasando? —preguntó Tyson.

—Resulta que mi esposa se ha vuelto loca. Le da puros vegetales a Cyntia para comer porque dice que está gorda.

—Eso no está bien, Sophia, la niña puede enfermase —dijo Sarah—. Los vegetales son buenos, pero solos no le van a aportar todos los nutrientes que su cuerpo necesita.

—¡Tú cállate y no te metas, que esto es entre familia! No pintas nada aquí y ni siquiera eres madre como para venir a darme consejos. ¡Cuando tengas un hijo, vienes a mí!

—¡Plas! —Emma le dio una cachetada—. ¡Cierra tu boca venenosa! Sarah es mi mejor amiga, es como mi hermana, la hermana que tunca tuve. Además, ella es más familia que tú. ¡Y te largas de mi casa antes de que se me olvide que eres esposa de mi hermano y pierda la razón!

Sophia se desplazó alterada y gritando hacia la piscina, agarró por los brazos a sus hijos y se marchó.

—Perdóname, hermano. Sarah es mi amiga, y no voy a permitir que ella ni nadie le falte al respeto.

—Discúlpame tú, mi hermana. Está mujer lo único que hace es hacerme pasar vergüenza —dijo Isaac y añadió—: Sarah, perdóname por favor.

—No tengo nada que perdonarte, Isaac. Tú no has hecho nada, pero esa actitud que tiene tú esposa siempre va a terminar metiéndote en problemas.

—Despídeme de Isabella y de Erick —dijo Isaac y se marchó avergonzado.

—Siento mucho que Sophia te haya hecho sentir mal.

—No te preocupes, solo dijo la verdad.

—¡Qué verdad! Ella es una egoísta.

Al ver que no regresaban, Erick e Isabella salieron de la piscina.

—Anda a cambiarte cariño, que no quiero que te resfríes —le indicó Emma.

—¿Y mis primos, mamá?

—Ya se fueron mi amor, cámbiate.

Le explicaron a Erick lo que había sucedido, pero no se asombró. Todos sabían cómo era Sophia. Al llegar a casa, Isaac habló con Sophia y le ordenó que nunca más volviera a faltarle al respeto a su hermana y a Sarah y le advirtió que si quería cambiar de auto, se pusiera a trabajar para complacer sus caprichos.

Al día siguiente los esposos Miller y los Wilson, se reunieron con el director del hospital para informarle que pronto abrirían su propia clínica y que le estarían entregando sus cartas de renuncia.

Le aclararon que eso ocurriría en un año más o menos. Le estaban informando a tiempo para que pudiera conseguir médicos que los reemplazaran. El director los felicitó asegurándoles que su clínica tendría mucho éxito, dado que eran de los mejores doctores en el hospital. De igual modo, les reiteró que el hospital tendría una gran pérdida, pero que estaba muy orgulloso de ellos.

—Mi esposa y yo queremos agradecerle por la oportunidad que nos dio hace ocho años. Aquí crecimos como médicos y como personas; reímos y lloramos junto a nuestros pacientes. Muchas gracias.

—Igual nosotros. También queremos darle las gracias por la oportunidad que nos dio —dijo Tyson—. Vamos a estar por un tiempo más, solo queríamos que lo supiera con anticipación.

Al culminar la jornada laboral, las parejas se reunieron con la diseñadora para que les presentara el proyecto acorde a sus necesidades, preferencias y presupuesto.

—¿Cuánto debe medir un consultorio? —preguntó Tyson.

—La superficie tiene que ser de nueve centímetros, mínimo; la altura de dos metros con sesenta centímetros, mínimo, y los lados de dos metros con cincuenta centímetros mínimo, pero los consultorios van a ser más grandes. Ya que tenemos el espacio, construiremos diez dispensarios.

—Perfecto —dijo Tyson.

Estos son algunos de los diseños. Mírenlos y díganme cuál es el que más les agrada para así poder empezar a trabajar. A Sarah y a Tyson les gustó el mismo diseño, mientras que Erick y Emma les gustó otro similar.

—Bueno. Otra cosa quería comentarles es que el logotipo se escucha mejor así: «The Miller & Wilson Medical Center».

—Como usted diga, usted es la que sabe, confiamos en usted y en su equipo de trabajo —dijo Erick.

—Gracias, señores. Les agradezco la confianza que me brindan, me retiro sin más, quedamos en contacto. Buenas noches.

—Buenas noches.

Al día siguiente en el recorrido hacia el hospital, Tyson le contó a Emma lo que le había pasado al amigo de Leo que había fallecido de un ataque del corazón mientras estaba dormido y había dejado a su esposa e hijos sin nada. Emma quedó muy impresionada.

—¡Dios santo! ¡Qué tragedia! Por eso siempre es bueno ahorrar y más cuando se tiene una familia.

Llegó el fin de semana y lo prometido era deuda. Llevaron a Isabella al cine a ver la película que tanto deseaba contemplar. Resultó excelente. Luego fueron a comer helado. La niña estaba contenta, puesto que le gustaba compartir con sus padres.

Durante los días siguientes, Tyson no podía sacar de su cabeza lo que le había pasado al amigo de Leo. Se puso a investigar y un día, sin decirle a nadie, ni siquiera a su esposa, fue a una aseguradora y sacó un seguro de vida de dos millones de dólares poniendo como únicas beneficiarias a su esposa Emma Wilson y su hija Isabella Wilson.

El viernes Tyson fue homenajeado por su trayectoria profesional como el mejor endocrinólogo de la ciudad de Nueva York. Al acto de reconocimiento asistieron sus padres, su esposa y su hija junto con sus amigos Erick y Sarah. Al terminar la ceremonia, fueron a celebrar a un restaurante francés, a donde la prensa los persiguió haciéndole a Tyson muchas preguntas.

—Ahora no, por favor, estoy con mi hija y no quiero que la asusten —dijo Tyson, aun así, tuvo que atenderlos.

—¿Cómo se siente usted al ser reconocido esta noche como mejor endocrinólogo de la ciudad?

—Me siento muy dichoso y complacido con mis pacientes y conmigo mismo. Solo trato de hacer mi trabajo lo mejor que puedo, gracias —respondió Tyson. Seguidamente los reporteros se retiraron agradeciéndole por sus palabras.

Emma tomó la mano de su esposo y le hizo saber que estaba muy orgullosa de él y le expresó cuánto lo amaba.

Al día siguiente, Emma le preguntó a su amiga por qué no se cogían el día libre.

—¿Por qué no nos vamos a un *spa*? Así nos relajamos un poco y nos quitamos todo el estrés que tenemos con nuestra clínica y el trabajo.

—¡Claro que sí amiga! Me encanta la idea.

—Bueno, entonces te recojo en dos horas, Dios mediante. Nos olvidaremos por un rato de la ajetreada vida en la que vivimos.

Estando en el *spa*, Emma y Sarah decidieron tomar todos los tratamientos juntas, en vista de que hacerlo de esta manera fomenta el cuidado emocional que puede tener el uno para el otro y se crea un mayor vínculo emocional y corporal entre los amigos. Empezaron con los circuitos de agua, siguieron con el tratamiento de aguas termales y minerales, continuaron con los masajes y finalmente terminaron con los tratamientos de belleza.

—Amiga, hoy fue un día maravilloso. Me siento como nueva, espero que podamos regresar pronto —dijo Sarah.

—Claro que sí. Trabajamos demasiado duro y nuestro trabajo suele ser muy estresante. Tenemos que sacar tiempo para nosotras. Yo creo que podemos tratar de venir por lo menos una vez al mes, si Dios nos lo permite. ¿Qué crees?

—Una vez al mes para mí es más que suficiente.

—Sabes que te quiero mucho, ¿verdad?

—No tienes que decírmelo, amiga. Ese sentimiento es recíproco y eso jamás cambiará —recalcó Sarah, y las dos con los ojos lacrimosos se dieron un fuerte apretón—. Nada de llorar, que la pasamos chévere.

—Isabella tiene que bailar el domingo para el Día de las Madres, ¿vas a ir a verla?

—Por supuesto que sí, Erick y yo no podemos faltar, quieres que Isabella nos...

El miércoles, Tyson y Emma iban a llevar a Isabella a comprar su vestido de *ballet* y la pequeña les preguntó a sus padres:

—¿Mamá, mis tíos pueden venir con nosotros? Quiero que me ayuden a escoger mi vestido.

—No sé, mi amor. Se quedaron en el trabajo, tendría que llamarlos y preguntarles.

—Está bien, mami.

—¡Hola, Sarah! Soy yo Emma. Isabella quiere que tú y Erick nos acompañen para escoger su vestido de *ballet*.

—Solo me queda un paciente por visitar. Termino y nos vemos en la plaza, Erick está conmigo.

Ya en la plaza fueron a varias tiendas, hasta que encontraron el vestido perfecto, tal como lo exigía la maestra de *ballet*.

—Te vas a ver tan hermosa con ese vestido, mi amor —dijo Emma, sonriendo.

—Sí, muy hermosa, la más linda de todas —añadió Sarah con un aplauso.

—No puedo esperar hasta el domingo para ver lo bella que lucirá mi hermosa princesa.

—El Día de las Madres será inolvidable para mi pequeña Isabella —dijo Erick.

Una vez que compraron todo lo necesario para Isabella, decidieron merendar en la plaza.

—¿Cuándo vamos a ir todos para la playa de nuevo? —preguntó Isabella—. Me encanta la playa, el mar.

—Ahora mismo estamos un poco ocupados, mi amor, pero te prometo que el próximo mes te llevaremos, si Dios quiere.

—Ok. Es que me fascina el mar.

—Sabemos que te encanta el mar, ¿Qué es lo que más te gusta de él? —le preguntó Tyson.

—Me gusta mucho ver las olas y escuchar el sonido de las aguas.

—Ok, princesa, tu mamá te dijo que el otro mes te llevaremos y tus tíos vendrán con nosotros.

Después de tanto conversar y merendar, se retiraron a sus hogares.

CAPÍTULO 5

Accidente en la carretera

Camino a casa, Emma le dijo a su princesa que el domingo
sería su gran día y le preguntó:

—¿Estás emocionada?

—Sí, mucho, mamá, ¡Siempre bailaré!

—Ok, cariño, te quiero mucho.

En el transcurso de los siguientes días, Isabella no dejó de
hablar del concierto en el que participaría. Así, por ejemplo,
al llegar a la escuela el día siguiente, le comunicó a su maestra
y a sus compañeritos de salón que bailaría el domingo para
el Día de las Madres. Era tanta la emoción que tenía que,
al regresar de la escuela, le pidió a Bianca que llamara a la
tía Sarah para recordarle su presentación. Cuando llegaron
sus padres del trabajo, les informó que había hablado con
la tía para que no olvidara que bailaría y les dijo que estaba
muy contenta de que sus padrinos asistieran. Llegó, por fin,
el Día de las Madres y el gran día para Isabella. Durante el
desayuno, la niña y el padre felicitaron a su madre y esposa.
La abrazaron y le dieron muchos besos y regalos, le prepararon un desayuno riquísimo que constaba de dos huevos,

beicon, salchichas pequeñas con tostadas y una taza de café, todo acompañado de algunas frutas. Mientras desayunaban la niña les dijo:

—No lleguen tarde, que tenemos que estar allí a las cinco.

—De acuerdo, princesa. No te preocupes que solo trabajaremos por algunas horas.

—Ok, los quiero mucho.

—Y nosotros a ti más, mi pequeña.

Tyson y Emma se despidieron con un beso de su pequeña Isabella.

Al caer la tarde, un puente se desplomó y cayó encima de varios autos, lo que causó que algunas personas perdieran la vida. Había gente gritando y corriendo por todas partes.

Al área del accidente llegaron varias ambulancias que se llevaron a la mayoría de los heridos al hospital, donde Tyson y Emma se encontraban trabajando. Estos de inmediato ayudaron a atender a los heridos. Cuando ya eran las cuatro de la tarde, Emma llamó con urgencia a Bianca para pedirle que se adelantara con Isabella, pues sus tíos ya estaban en el lugar de la presentación. Pasaron treinta minutos y Emma le indicó a Tyson que ya era hora de que se fueran, puesto que apenas les alcanzaba el tiempo para llegar a casa y cambiarse para llegar el concierto. Fueron a casa, se alistaron y salieron muy deprisa. Tyson conducía a alta velocidad y, al llegar a una curva, perdió el control del vehículo y se estrelló contra un árbol.

Mientras la pequeña Isabella bailaba, Sarah marcó a sus celulares preocupada, pero ninguno de los dos respondió. Bianca, al ver que no llegaban, sacó su móvil y grabó a la niña para que sus padres pudieran verla bailar después. Al terminar su acto, Isabella se acercó a donde estaban sus tíos y les preguntó:

—¿Dónde están mis papitos?

—No lo sé mi amor, deben estar por llegar.

Sarah, muy angustiada, le dijo a Erick:

—Mi amor, estoy preocupada. Tyson y Emma jamás se perderían ver a su niña bailar.

—Lo sé mi amor, yo también empiezo a inquietarme.

En ese momento, llamaron a Erick del hospital para informarle que Tyson y Emma habían tenido un accidente en la carretera y que no se encontraban nada bien. Al conocer esto, Sarah le pidió a Bianca que se llevara a Isabella cuanto antes para la casa.

Erick y Sarah llegaron al hospital, donde el doctor a cargo les explicó que los esposos Wilson estaban graves, en especial Emma, puesto que ella tenía un traumatismo severo de cráneo causado por el fuerte golpe que había recibido en la cabeza y que le había provocado un sangrado interno. Tyson, por su parte, estaba en la sala de operación. Ellos, como doctores, sabían con exactitud que las condiciones de sus amigos eran muy alarmantes y en el caso de Emma más.

—Emma no deja de preguntar por ti, Sarah —dijo el doctor de guardia con tristeza.

—¿En qué cuarto está?

Sarah salió corriendo hacia la habitación donde se encontraba su mejor amiga. Al entrar y ver a Emma en la condición en la que estaba, se tambaleó y Emma abrió los ojos. Tenía aparatos por todos lados y su cabeza estaba vendada.

—Sarah, amiga, estás aquí —dijo Emma con dificultad para hablar.

—Sí amiga, estoy aquí y siempre voy a estar —respondió Sarah tratando de ser fuerte—. No hables Emma.

Erick llegó al cuarto y al ver a Emma se agarró la cabeza con las dos manos.

— Quiero que me prometan... que cuidarán de mi pequeña Isabella... cuando yo no esté....

—No digas eso, amiga, que tú cuidarás de ella.

—Los dos son médicos y saben lo grave que estoy —dijo Emma casi sin fuerzas y con lágrimas que corrían por su rostro.

—No hables Emma, tienes que descansar —le recomendó Erick.

—Júrenme, por la gran amistad que siempre hemos tenido, que ustedes van a velar siempre por Isabella, por favor.

—Te lo juramos amiga —contestó Sarah, llorando.

—Te lo juramos Emma, pero no hables más —dijo Erick angustiado.

—Gracias, dile que la quiero mu...

Dio un último suspiro, cerró los ojos y falleció. Sarah empezó a llorar desconsolada.

—¡No, no, no! ¡Ay! ¡No me dejes amiga, te lo ruego, por favor, no te vayas! ¡No, no!

Erick abrazó a su esposa con mucha fuerza mientras los dos lloraban.

—¡Erick! ¡Ay, no! Mi amiga, mi amiga, no... Emma... Emma...

Tuvieron que inyectarle un tranquilizante debido a que no podía controlarse. Era un golpe devastador para Sarah saber que nunca más volvería a ver a su amiga.

Mientras lloraba se durmió. Al despertar siguió llorando y le preguntó a Erick bastante ronca por el estado de Tyson. Este le notificó que la intervención había terminado, y que había que esperar las cuarenta y ocho horas después de la operación, que eran cruciales. Él dormiría toda la noche. Si ella quería podía irse a la casa, él se quedaría con su amigo. Sarah decidió quedarse también y los dos fueron a la habitación donde estaba Tyson. Hablaban con él pidiéndole que luchara por su vida y diciéndole que Isabella lo necesitaba. Más tarde, Sarah se retiró al consultorio de Erick, donde se quedó dormida por el dolor y el cansancio.

Mientras Sarah dormía en la oficina de Erick, recibió una llamada de Bianca, preguntando la razón por la cual los padres de Isabella aún no habían llegado a dormir. Sarah con una voz muy suave, triste y un poco ronca dijo que en unas horas estaría allí. Preguntó por la niña y le informó a Bianca que no asistiría a la escuela.

Una hora después, el doctor fue a evaluar cómo había amanecido Tyson. Erick estaba todavía en el cuarto cuando a Tyson le dio un paro cardíaco. El doctor cogió un desfibrilador y le administró descargas eléctricas una y otra vez, sin embargo, el corazón de Tyson no respondió y este falleció minutos después. Erick cogió el desfibrilador de las manos del doctor y, desesperado, le proporcionó varias descargas eléctricas a su amigo.

—¡Vamos, amigo, reacciona, vamos! ¡Tú puedes, no me dejes, por favor!

—Erick, Tyson se fue —dijo el doctor.

—¡No, no! —insistió Erick.

—Cálmate, Erick —ordenó el doctor.

El doctor tenía que sostener a Erick con mucha fuerza para que dejara de darle descargas eléctricas al cuerpo ya sin vida. Erick se agachó en el suelo en cuclillas llorando. Sarah, al escuchar los gritos de su esposo, fue de prisa a la habitación de Tyson, se dio cuenta de que había fallecido y encontró a su esposo que estaba en el piso, desconsolado.

—¡Tyson, Tyson! ¡Levántate, por favor amigo, levántate!

Erick y Sarah se encontraban devastados por el fallecimiento de sus mejores amigos. No podían creer que de un día para otro su vida hubiera cambiado por completo. Sus amigos de toda la vida se habían ido y no querían aceptarlo. Creían que era una pesadilla de la cual pronto despertarían, pero no era así. Sus amigos, sus hermanos se habían ido, y para siempre. Todo el hospital estaba pasando por un momento muy difícil, no podían aceptar lo que estaba sucediendo.

La prensa, al enterarse del accidente, se dirigió de inmediato al hospital, por lo cual los esposos Miller fueron obligados a salir por la puerta trasera del edificio. Al llegar a casa, Sarah le preguntó a Bianca:

—¿Dónde está Isabella?

—En su cuarto.

—Anda por ella.

—De acuerdo —dijo Bianca.

—¡Tíos! ¿Dónde están mis papitos?

—Mi amor, tus papitos te quieren mucho. Ayer tuvieron un accidente y ahora están en el cielo con papá Dios.

—¿Están muertos?

—Lo siento mucho, mi amor, ellos te quieren mucho.

—¡No, no, no! ¡Mis papitos, no!

Sarah cogió a la niña entre sus brazos y lloró con ella. Bianca corrió hasta su cuarto y rompió en llanto, ya que sentía un gran cariño por los señores. Estaba asombrada. Erick se dirigió a la cocina. Enojado con el mundo empezó a golpear las paredes con determinación lastimando fuertemente sus manos. Sarah y Bianca, al escuchar los ruidos, corrieron hacia la cocina, donde Erick, al ver a su esposa, la estrechó entre sus brazos con las manos llenas de sangre, llorando y diciendo:

—¿Por qué ellos, por qué ellos? ¡Si eran tan buenos!

—No sé mi amor, no sé —respondió Sarah desconsolada.

El amor que sentían el uno hacia el otro era muy grande. Se trataba de personas maravillosas con las que podías contar para lo que fuera. Eran unos seres humanos extraordinarios. Había que avisar a sus padres.

La noticia fue un golpe duro para toda la familia.

—¿Qué voy a hacer sin Emma?

—Y yo sin mi amigo, quisiera que todo esto fuera una pesadilla de la cual pudiera despertar pronto.

—Tenemos que hacernos cargo de Isabella, como se lo prometimos a Emma. Ella confió en nosotros y no la vamos a decepcionar —dijo Sarah.

—Nosotros nos haremos cargo de Isabella, mi amor —repitió Erick mientras se quejaba con tristeza.

Las dos familias llegaron al día siguiente a casa de los Wilson. Todos estaban muy destrozados. Era muy duro lo que todos estaban pasando.

Cinco días después, se realizó el sepelio. Familiares y amigos estaban inconsolables, en especial la pequeña Isabella, que no había perdido únicamente a uno de sus padres, sino a los dos y de un solo golpe. Su tío Isaac tenía que llevársela para afuera, en vista de que la pobre niña no dejaba de llorar mientras el sacerdote estaba hablando. Erick y Sarah recordaban todo lo que habían vivido juntos, desde el primer día que se conocieron en la secundaria, hasta el último momento de sus vidas juntos. Sarah y Erick fueron llamados para decir algunas palabras por ser los mejores amigos de Tyson y Emma.

Sarah expresó que era muy difícil pararse en frente de todos en ese instante, pues era el momento más difícil de su vida. No eran personas cualesquiera las que estaban en esos féretros, sino sus mejores amigos desde la juventud. Se habían graduado juntos de la secundaria, habían ido a la misma universidad, incluso habían estudiado la misma carrera, aunque en diferentes ramas, se habían casado juntos, y juntos habían ido de luna de miel. Pedían sus vacaciones al mismo tiempo en algunas ocasiones. Vivían en casas separadas, pero eran una sola familia; siempre estaban unidos. Para concluir dijo que los amarían por siempre y que no sabía lo que harían sin ellos. Erick abrazó a su esposa y volvió a su asiento con mucha tristeza. Todos fueron a casa de los Wilson luego del sepelio.

Isabella no se despegaba de sus tíos Erick y Sarah. Ellos eran lo más cercano que tenía. A pesar de que allí estaban tanto sus abuelos maternos como los paternos, Erick y Sarah eran las personas que ella veía casi todos los días, y se aferraba a ellos con miedo y dolor. Al caer la noche, todos se fueron retirando poco a poco; y, al quedar solo la familia, Sarah les informó a los padres de Tyson y a los de Emma que vendría al día siguiente para hablar de algunos asuntos. Isabella quería irse con ellos, pues eran las personas más cercanas a ella, sin embargo, Sarah le señaló que se quedara con sus abuelos, que regresaría temprano. Un día después, Erick y Sarah hablaron con los abuelos de Isabella.

—Emma, antes de fallecer, nos pidió que nos hiciéramos cargo de Isabella; para ser más exactos, nos hizo jurar que cuidaríamos de la niña.

—Los conozco desde hace muchos años, desde la secundaría, y sabemos las buenas personas que son y cuánto quieren a la niña.

—Gracias, señora Wilson.

—Si Emma en su último momento les pidió a ustedes que se hicieran cargo de Isabella, nosotros no tenemos ningún inconveniente de que sea así —dijo el padre de Tyson muy afligido—. Confiamos en ustedes.

—Quiero que nuestra nieta viva con nosotros —replicó la madre de Emma frunciendo el ceño.

—Por favor, señora Anderson —dijo Sarah, angustiada.

—Pienso que, a pesar de que mi hija los quería mucho, Isabella debe estar con su familia, pero por ahora voy a dejarla con ustedes —puntualizó la señora Caroline con cara de pocos amigos.

—Muchas gracias —respondieron Sarah y Erick.

—Yo solo les pido que Isabella esté con nosotros para sus vacaciones, vivimos cerca del mar y a ella le encanta —dijo el señor Wilson.

—Así será, señor Henry.

—Cuídenla por favor, es lo único que tenemos de nuestra hija —pidió el padre de Emma.

—En unos días nos regresaremos a nuestra casa —dijo la madre de Tyson.

—Y nosotros también —agregó la madre de Emma.

—Los abogados de Tyson y Emma vienen mañana para leer el testamento y quieren que todos estemos aquí —dijo Sarah.

Llamaron a Isabella y se despidieron de ella con un fuerte abrazo y un beso. Fueron a su trabajo y a su casa, y regresaron al día siguiente para la lectura del testamento. Estando allí la abogada, Sarah le presentó a los padres de los esposos Wilson.

—Un placer. Lamento que sea en estas circunstancias en las que nos conozcamos. Sus hijos eran clientes míos, pero también mis amigos. Los voy a echar de menos.

—Entiendo, abogada. Imagínese nosotros.

La abogada les hizo saber a familiares y amigos que todos los bienes de Tyson y Emma, pasarían a su hija, Isabella Wilson. Las casas, los autos, las propiedades y todo el dinero; también indicó que se le entregaría un cheque mensual al tutor de la niña para su manutención, hasta que ella cumpliera la mayoría de edad y pudiera valerse por sí misma. La licenciada sacó un sobre y continuó:

—Esta es una carta que escribió Emma de su puño y letra, en la que dio estrictas instrucciones de que, si algún día le pasara algo, se la entregara a su amiga Sarah Miller para que la leyera ante toda la familia.

—Dice así: «Mi querida amiga, mi hermana de toda la vida. Si estas leyendo esta carta es porque ya no estoy contigo, aunque siempre estaré en tu corazón. La razón por la cual escribo estas líneas es porque tú Sarah Miller, eres la persona más cercana a mí y a mi princesa Isabella. Quiero pedirte o mejor suplicarte que por favor, tú te hagas cargo de lo más preciado que tengo, ya que nadie cuidará de ella mejor que tú, te amo amiga. Emma Wilson».

Sarah le confirmó a la licenciada que ella y Erick se responsabilizarían de Isabella y que no era necesario que les entregaran ningún cheque. Ellos se harían cargo solos.

Los padres de Tyson y de Emma retornaron a sus casas. La niña no dejaba de llorar por sus padres y tenía muchas pesadillas. Después de que se fueron los padres de los esposos Wilson, Erick y Sarah se llevaron a su casa a la pequeña Isabella y a Bianca.

El día siguiente, mientras Erick y Sarah estaban en el trabajo, fueron llamados por el director del hospital a su oficina para hablar con ellos.

—No encuentro cómo decirles esto. Estoy consciente de todo lo que están pasando con el fallecimiento de sus mejores amigos, pero es mi deber que lo sepan —anunció el director con esa calma que tenía al hablar.

—¿Qué pasa, señor director?

—Hable doctor, que ya me estoy empezando a preocupar —dijo Sarah.

—Emma estaba embarazada cuando falleció.

—¡Qué! ¡Ay, no! No puede ser.

—¿Cuánto tiempo tenía?

—Tenía apenas tres semanas más o menos. No creo que lo supiera.

—¡Dios mío! —exclamó Erick.

—Lo siento mucho, pensé que debían saberlo.

—Gracias, doctor —dijo Sarah, desconcertada.

La noticia fue impactante para Sarah. Horas después tuvo que retirarse a su casa debido a que no podía concentrarse. Al regresar a la escuela, el comportamiento de Isabella con sus compañeritos cambió bruscamente y empezó a tener un bajo rendimiento escolar. Cuando no estaba triste, estaba furiosa. Sarah, preocupada por ella, habló con Erick y decidieron buscar ayuda profesional para la niña. Una amiga de la familia le recomendó a la doctora Stela Wood, psicóloga infantil. De inmediato hicieron la cita con la psicóloga, le explicaron toda la situación y empezaron con el tratamiento. Isabella tenía que asistir a la consulta una vez por semana.

Después de tres meses, Isabella empezó a mejorar. Ya no tenía pesadillas con tanta frecuencia, se notaba más alegre y menos triste. Incluso había mejorado la comunicación con sus compañeros de clases y ocupaba el primer lugar en su salón. La directora, muy satisfecha, llamó a Sarah para anunciarle las buenas noticias.

Muy orgullosos y alegres, llevaron a Isabella a la playa ese fin de semana. Ella estaba feliz de hallarse frente al mar. Una semana después fueron al cine y al parque a comer helados, y así sucesivamente, como siempre había hecho con sus padres.

Transcurridos seis meses, apareció la señora Caroline, la abuela de Isabella, con un abogado y la orden de un juez que le otorgaba la custodia de su nieta.

—¿Por qué nos hace esto, señora Caroline? —le preguntó Sarah.

—¡Isabella es mi nieta y la quiero conmigo! —contestó.

—La niña apenas se está recuperando del trauma que pasó al perder a sus padres —planteó Sarah, angustiada—. No se la lleve, se lo ruego, por favor.

—Lo siento mucho, la niña es nuestra nieta y la queremos con nosotros.

—Pero piense en ella, señora Caroline.

—No tengo nada que pensar. Sé que no son malas personas, pero Isabella es nuestra nieta, lo único que tenemos de nuestra difunta hija y queremos que viva con nosotros.

—No puede llevársela así, de repente. Sería un golpe muy fuerte para la niña y podría afectarla muchísimo.

—Ok, está bien, me quedaré en casa de mi hija y regresaré en dos días por la niña.

Sarah llamó enseguida a Erick para que viniera a casa. Al llegar, Sarah le informó que la señora Caroline había venido por Isabella con una orden de un juez. Sarah no dejaba de llorar. Estaba destrozada, no podía entender por qué la madre de Emma estaba haciendo todo eso. Es verdad que muy en el fondo la entendía, pero ella estaba cegada por su deseo de hacer lo que su amiga le había pedido.

—¿Cómo le vamos a decir a Isabella que tiene que irse con su abuela?

—Hay que hablar con ella cuanto antes.

—Pero, mi amor, Emma nos pidió que nos hiciéramos cargo de la niña.

—Lo sé, mi amor; pero, por ahora, hay que hacer lo que ordenó el juez.

—Vamos a luchar por ella, hasta las últimas consecuencias.

Sarah no dejaba de enjugarse las lágrimas. Erick, con mucho amor, le pidió que se calmara, le indicó que tenían que hablar con Isabella y agregó que a él también le dolía todo lo que estaba pasando. Seguidamente, Sarah le dijo a la niña que tenían que conversar, se la llevaron a su cuarto y le informaron que era necesario que se fuera por un tiempo con su abuela Caroline. Isabella repetía una y otra vez que no quería irse con su abuela, que quería quedarse con ellos. Esas palabras de la niña les rompían el corazón a Erick y a Sarah, quienes le prometían que harían todo lo necesario para que regresara lo más pronto posible con ellos.

—Vas a irte con tu abuela, te vas a comportar bien y vas a estudiar mucho mientras regresas con nosotros.

—Pero yo no quiero irme, ¿ustedes ya no me quieren?

—Nunca vuelvas a decir eso ni, mucho menos, a pensarlo, mi amor. Tu tío y yo te amamos, nunca lo olvides.

—¿Cuándo tengo que irme? —preguntó Isabella, con tristeza.

—En dos días —respondió Sarah con los ojos llenos de lágrimas.

—¿Tan rápido? —lloriqueó Isabella—. No tengo a mis papitos y ahora tampoco los voy a tener a ustedes. ¿Puedo dormir con ustedes estos días?

—Claro que sí, mi pequeña.

A los dos días exactos, como lo había anunciado, regresó la señora Caroline por la niña.

—Abuela, yo no quiero irme contigo, quiero quedarme con mis tíos, no me lleves —le suplicó Isabella.

—Despídete, que tenemos que irnos, Isabella.

La niña se aferró a las piernas de Sarah. Bianca intentaba soltarla, pero no podía. Erick trató de quitar con delicadeza la niña de las piernas de Sarah, pero esta no la soltaba. Esto hizo que la abuela arrancara a Isabella de sus brazos y se la llevara mientras lloraba inconsolable. Ya dentro del auto, no dejaba de mirarlos a través del cristal trasero del automóvil gritando sus nombres, lo que provocó que Sarah se desmayara de la impresión. Erick la cargó y, con la ayuda de Bianca, la condujo a la sala, donde minutos después reaccionó. Bianca también estaba llorando, ya que quería mucho a Isabella. La cuidaba desde que tenía apenas tres meses de nacida y jamás se había separado de ella.

Al siguiente día, más calmados, hablaron de contratar a un abogado para luchar por Isabella. Fueron a la oficina de la abogada Alexia Tylor, para que ella les recomendara el mejor abogado de familia. Tylor los remitió de inmediato a la oficina de Daniel Scott y Mia Edwards, a quienes les explicaron toda la situación y les mostraron la carta que había dejado su amiga antes de fallecer. Los licenciados les advirtieron que el proceso podría ser largo, complicado y agotador, en vista de que era un familiar quien peleaba por la niña; pero también les dijeron que, gracias a la carta, tenían bastantes probabilidades de obtener la custodia.

—Estamos dispuestos a pasar por lo que tengamos que pasar —dijo Sarah.

—De acuerdo —indicó la licenciada con mucho optimismo.

—Hagan lo que tengan que hacer. Queremos a nuestra pequeña de vuelta con nosotros y ella también lo quiere —afirmó Erick con tono de serenidad.

—Mañana los necesito a primera hora aquí. Traigan la carta que escribió la madre de la niña, el reporte de la psicóloga y el de la escuela.

Los abogados les comunicaron a los esposos Miller que estudiarían el caso y que la semana siguiente irían a la Corte de Familia, ante el juez Dylan Jones, para hacer la petición de custodia de la menor.

—Bueno. Esto es todo por ahora, nosotros los llamaremos cuando tengamos la cita para la audiencia.

—Muchas gracias.

Mientras que los esposos Miller estaban luchando por su custodia, Isabella continuaba triste y muy deprimida. Erick y Sarah no dejaban de pensar en ella y en lo mucho que la extrañaban.

Los abogados llamaron a los esposos para informarles que la audiencia sería en cinco días, y que deberían estar allí unos quince minutos antes, ya que toda impresión contaba.

Llegó el día en que Erick y Sarah tuvieron su primera audiencia. Los abogados plantearon el caso mientras el juez examinaba con paciencia los documentos.

—¿Dónde está la menor? —preguntó el juez mirando de reojo.

—La menor está con la abuela materna, señor juez —respondió la licenciada.

—Dentro de dos meses los veo aquí de nuevo, junta a la abuela de la menor —dijo el juez en voz muy alta—. Se levanta esta sesión.

—¿Esto es todo? —preguntó Sarah desconcertada.

—Sí. Por el momento eso es todo, yo les indiqué claramente que esto sería un proceso complicado, así que solo les pido mucha paciencia.

A los licenciados les comunicaron que el tribunal de familia podría ordenar que otras personas designadas para el caso evaluaran la situación de la custodia. Solo habría que esperar para saber qué decisión tomarían y enviarle el citatorio a la señora Caroline. Asimismo, les indicaron a los esposos Miller que los mantendrían al tanto de todo.

Saliendo de la corte, se encontraron con una gran cantidad de reporteros que les hacían todas clases de preguntas, pues Tyson era el neurólogo más reconocido de la ciudad. Querían saber por qué Erick y Sarah estaban peleando por la custodia de la hija del doctor Wilson. Sin embargo no respondieron, puesto que los abogados les habían recomendado que no contestaran ninguna pregunta. En la noche, el asunto estaba en todos los noticieros del país, y en la radio. El día siguiente en la primera plana de los diarios aparecía lo siguiente: «Padrinos luchan por custodia de menor».

Pasado algún tiempo, Bianca le preguntó a Sarah si podía ausentarse por unos días. Su hermana debía hacer un viaje inesperado y ella tenía que quedarse con sus sobrinos. Sarah le respondió que cogiera todo el tiempo que fuera necesario.

Isabella empezó a tener de nuevo bajo rendimiento en la escuela. Hablaron con ella y trataron de llevarla a los lugares que más le gustaba, pero nada hacía que se sintiera mejor, la niña seguía deprimida. Además de eso, su abuela no entendía que lo único que Isabella quería era estar con sus tíos Erick y Sarah.

Pasadas unas semanas, Sarah recibió una llamada de los abogados para participarles que la audiencia sería en dos días.

El día de la audiencia, la señora Caroline llegó con su abogado. Al igual que con Erick y Sarah, los reporteros estuvieron detrás de ella haciéndoles preguntas, pero su abogado le había indicado también que no dijera nada. Mientras esperaban para entrar en la sala a la audiencia, los ojos de Sarah y de la señora Caroline se cruzaron. Sarah tenía una mirada de tristeza y la señora Caroline, una mirada de enfado.

CAPÍTULO 6

Isabella se escapa

Sarah se acercó a la señora Caroline y le pidió disculpas por la inconveniencia que le estaba haciendo pasar. Le aclaró que solo estaba haciendo lo que Emma le había pedido, que era velar por su hija en todos los sentidos. A pesar de la actitud conciliatoria de Sarah, la abuela de la niña no abrió la boca en ningún instante. En ese momento, salió el guardia de la Sala de Audiencia y les autorizó el acceso.

Al entrar se sintió un ambiente tenso en el recinto. Todo permaneció en silencio hasta que el juez entró.

—¿El abogado defensor tiene algo que decir? —preguntó.

—Señor juez, mis clientes, los esposos Miller, aquí presentes, eran los mejores amigos de los difuntos, quienes les pidieron a ellos que se hicieran cargo de su hija, Isabella Wilson.

El juez planteó la misma pregunta al abogado de la otra parte, quien también respondió que sí.

—Su señoría, solo quiero que tenga en cuenta que la señora Caroline Anderson es la abuela de la menor y que quiere estar con su nieta lo que le quede de vida —señaló el abogado frunciendo el ceño—. Su hija falleció y es lo único que le quedó de ella.

Sin más demora, el juez dio su veredicto.

—Le otorgo la custodia de la menor Isabella Wilson a la señora Caroline Anderson, abuela de la menor, en vista de que creo que es de su mejor interés que permanezca con ella.

—¡No, no, no! Por favor, señor juez. Y qué pasa con lo que la madre de Isabella quería, ¿nadie piensa en eso? ¡Es usted muy injusto! —gritó Sarah indignada.

—¡Controlen a su cliente, abogados, que puedo mandar a detenerla por falta a la autoridad!

—Cálmate, mi amor —dijo Erick enojado.

Cuando salían de la Corte, estaba lloviendo y los reporteros los atacaron con gran cantidad de preguntas.

—¿Por qué quieren la custodia de la hija del fallecido doctor Wilson? —preguntó un reportero con insistencia mientras se mojaba.

—Porque la amamos y porque así nos lo pidió su madre antes de fallecer —contestó Sarah llorando.

—¿Y por qué la...?

—No más preguntas, mi esposa no está bien, por favor —intervino Erick.

Mientras iban a la casa, al detenerse el auto en un semáforo, Sarah abrió la puerta y salió corriendo en medio de la lluvia. Erick se estacionó a un lado de la vía y corrió en busca de su esposa.

—¡Sarah, Sarah! ¡Dónde estás! —gritaba Erick desesperado por las calles. Buscó durante media hora hasta que por fin la encontró a cuatro cuadras de donde se había salido del auto. Se hallaba en un callejón, toda mojada y arrinconada detrás de un basurero. Cuando llegaron a la casa, Erick se percató que Sarah estaba ardiendo en fiebre. Salió en busca de medicamentos, pero con mucho miedo de que se fuera otra vez, ya que Bianca aún no había regresado de donde su hermana. Al regresar con los medicamentos llamó a Bianca y le pidió que regresara lo más pronto posible, puesto que su esposa no se encontraba bien y necesitaba que se quedara con ella.

Pasaron varios días y Sarah entró en un estado de depresión y ansiedad extrema. El tiempo transcurría y no mostraba ninguna mejoría. Sus padres fueron a quedarse unas semanas con ella para hacerle entender que todo tenía solución, pero Sarah no entendía nada de eso.

—Mamá, mi mejor amiga falleció. Se fue y me pidió que me hiciera cargo de Isabella y no he podido cumplir su deseo. Soy una inútil —se recriminó Sarah en un mar de lágrimas—. La señora Caroline no me permite cumplir la última voluntad de mi amiga.

—No digas que eres una inútil, porque no lo eres. Tienes que seguir luchando por ella —dijo el señor Steve, padre de Sarah, al limpiarse las lágrimas—. Tirada en la cama no lo lograrás, hija.

Al llegar a casa Erick habló con Sarah, pero a ella no parecía importarle nada. Una mañana fueron los abogados y hablaron con ella, pero fue en vano. Sus compañeros de trabajo también la visitaron para darle su apoyo, pero, de igual manera, fue inútil. Sarah estaba tan deprimida que no comía, no salía del cuarto y tampoco se duchaba. Era tanto el dolor que estaba padeciendo por no tener consigo a Isabella. Pasaron varias semanas sin ningún progreso, entonces Erick decidió buscar ayuda profesional. Así que contrató una psicóloga que atendiera a Sarah en la casa, puesto que no había manera de sacarla de la habitación. Con la ayuda de la doctora y de Bianca, en los siguientes días se notó una pequeña mejoría en ella. Comía un poco y empezó a ducharse; pero, de igual modo, no quería salir del cuarto y aún estaba triste. Un mes después, Erick regresó del trabajo y le habló bastante fuerte para ver si reaccionaba. Ella se puso a llorar, ya que él nunca le había alzado la voz de esa manera. Erick le dijo que sentía mucho por lo que estaba pasando y que el hecho de que no lo viera llorando no significaba que no estaba sufriendo igual que ella.

El director del hospital conversó con Erick y le manifestó que sentía de todo corazón por lo que Sarah estaba pasando, dado que tenía un gran aprecio por ella, pero que, si no se reintegraba a su trabajo en dos semanas, con el dolor de su alma tendría que despedirla.

Finalmente, una mañana regresaron los abogados a la casa de Sarah y hablaron con ella.

—Tienes que mejorarte para seguir luchando por Isabella —dijo la abogada con determinación.

—El juez le dio la custodia a la abuela y no se puede hacer más nada —murmuró Sarah tirada en la cama.

—Sí hay algo que podemos hacer, pero si tú te das por vencida, no podremos hacer nada —le advirtió el licenciado mientras caminaba de un lado hacia otro—. Piensa en lo mucho que Isabella te necesita y en lo que tu amiga te pidió antes de fallecer.

—Además, ya son dos meses y pico que hemos perdido. Solo te pido que pienses en la niña y en tu amiga —dijo la abogada.

—¡Está bien! Seguiremos luchando por mi pequeña —dijo Sarah con entusiasmo—. ¿Qué hay que hacer?¡Muchas gracias! No se imaginan cuánto les agradezco el apoyo.

Cuando se marcharon los licenciados, Sarah se levantó de la cama, se duchó, se vistió y regresó al trabajo; y, obviamente, los abogados fueron a la Corte Suprema.

Todos estaban sorprendidos cuando vieron a Sarah llegar al hospital. Sus compañeros le decían: «Ánimo Sarah, estamos contigo». Pero la tristeza aún se reflejaba en su rostro. Erick, al verla, la tomó de la cintura y le dio la bienvenida diciéndole que se sentía feliz de que se hubiera reintegrado al trabajo. Luego, la estrechó entre sus brazos. Sin embargo, la relación entre ellos no estaba bien. No se apreciaba ese gran amor que ambos habían mostrado por más de ocho años. Esa hermosa sonrisa que todos apreciaban al llegar Sarah al centro hospitalario se había desvanecido, al igual que la sonrisa en el rostro de Erick. Es decir, no eran las mismas personas, no se veían juntos como antes y discutían con mucha frecuencia. Estaban pasando por una etapa muy difícil de su vida y de su matrimonio y, en vez de apoyarse mutuamente, se alejaban cada día más poniendo en riesgo su relación. Esto ocurría incluso cuando estaban en casa, lugar donde se comunicaban muy poco.

—¿Vas a cenar Erick?

—¿Por qué me haces esa pregunta si bien sabes que siempre ceno? —preguntó Erick escrutando a Sarah con la mirada—. Claro que quiero.

Mientras cenaban, todo el comedor permanecía en absoluto silencio. Ninguno de los dos había abierto la boca; hasta que Erick decidió hacerlo, ya fuera por costumbre o por respeto.

—¿Qué te han dicho los abogados sobre el caso?

—No quiero hablar de eso en este momento —dijo Sarah rechinando los dientes y desviando la mirada.

—¿Cuándo será el momento entonces?

—¡Déjame sola! —gritó Sarah con la mirada perdida.

Pasaban los días y la relación se empeoraba cada día más. Un domingo cuando estaban en la casa, Erick le preguntó a Sarah:

—¿No has notado al director del hospital raro, como preocupado y distraído?

—Sí, lo he notado, pero eso no es mi problema.

—Te escucho y no puedo creer que seas la mujer con la que un día me casé. Qué está pasando contigo —dijo Erick—. Tú no has sido así, siempre te has preocupado por los demás.

—Tú tampoco eras como eres ahora, descortés y seco conmigo —replicó Sarah, fulminando a Erick al levantarse de la mesa—. Hasta mañana.

Al día siguiente, Erick junto al director del centro hospitalario y otros doctores tenían programada una intervención bastante delicada. Cuando Erick ya estaba en la sala de operación, apareció el director muy embriagado. Erick, al verlo, abrió los ojos como platos. No podía creer lo que sus ojos estaban viendo.

—¡Dios mío! ¡Santo Cristo! ¿Señor director, qué le pasó?

Erick salió de la sala de operación y llamó a Sarah.

—Hola, Sarah, ¿has visto a los doctores Ryan Brown y George Lewis por algún lado?

—Ahora mismo están pagando en la cafetería. Me acaban de decir que tienen una cirugía contigo y con el director.

—Escucha muy bien lo que te voy a decir. Estoy en la salida de emergencias. Quiero que vengas lo más pronto que puedas y que te lleves al director a nuestra casa, luego te explico todo, ¡pero rápido!

—¡Ok, voy para allá!

Sarah trasladó al director hasta su casa y regresó al trabajo. Allí todos preguntaban por el director y ella se sentía incómoda por no poder decir nada y, con el dolor de su alma, le tocó mentir. Horas después, finalizada la intervención, llegaron a su casa justo cuando despertaba el director. Sarah le preparó un café bien cargado mientras Erick se lo llevó a su despacho.

—No se imaginan la vergüenza que tengo con ustedes, no puedo ni mirarlos a los ojos.

—Usted no sabe lo irresponsable que fue hoy —le dijo Erick decepcionado—. Usted podía haber terminado con su carrera.

—Lo siento mucho —respondió el director, avergonzado y con una tristeza en los ojos.

—Hice lo que hice, porque en los ocho años trabajando aquí, nunca lo había visto en las condiciones en las que se encontraba —dijo Erick—. Si los otros doctores lo hubieran visto tomado, ahora mismo no tendría su licencia para practicar la medicina.

—Gracias, no sé qué me pasó.

—No me dé las gracias, porque si alguien se entera de lo que mi esposa y yo hemos hecho hoy, la carrera de los tres estará en peligro —replicó Erick—. La próxima vez yo mismo lo entregaré, pues fue una falta muy grave.

—Yo siempre lo he admirado mucho, qué es lo que le sucede —preguntó Sarah—. Puede confiar en nosotros.

—Me estafaron todo lo que tenía. Los ahorros de toda una vida se fueron en un cerrar y abrir de ojos. Fui un estúpido —balbuceó el director mientras lloraba—. ¿Cómo les digo a mi esposa y a mis hijos que lo he perdido todo?

—Solo hable con la verdad, ellos lo entenderán —le recomendó Sarah.

—No sé cómo me dejé embaucar por esos ladrones —continuó el director—. Me dijeron que querían que yo fuera socio de ellos en la construcción de un hotel. Hasta tenían su oficina y todo. Sin embargo, hoy cuando fui a buscarlos el local estaba vacío.

—Tiene usted que denunciarlos. Es una red de delincuentes y hay que ponerles un alto —recalcó Erick frunciendo el ceño.

—No, por favor, qué van a pensar de mí mis colegas, amigos y familiares —replicó el jefe, desalentado—. Todos pensaran que soy un viejo estúpido.

—Cuando usted esté listo para levantar la denuncia, me avisa. Voy a ir con usted, no lo voy a dejar solo, y nada de seguir bebiendo, que los problemas no se resuelven así —dijo Erick—. Usted mismo se dio cuenta hoy.

—No quiero meterme en sus vidas, pero en el hospital se rumora que ustedes ya no son la pareja que eran antes —dijo el jefe—. Yo solo quiero decirles que la lucha por la custodia de Isabella hay que combatirla juntos y agarrados de las manos.

—Gracias, señor director. Lo voy a llevar al hospital para que recoja su auto, y después regrese a su casa y hable con su familia —dijo Erick—. Puede contar conmigo y con mi esposa para lo que sea.

—Gracias a los dos, nunca olvidaré lo que han hecho hoy por mí.

Los abogados arreglaron todos los papeleos para la apelación. Poco después recibieron la fecha para la segunda audiencia, que sería en dos meses, y empezaron a trabajar en su defensa para cuando llegara ese día. Sarah se recuperaba favorablemente. Después de algunos días, Erick y Sarah decidieron buscar ayuda profesional para salvar su matrimonio y poco a poco volvieron a ser la misma pareja de siempre.

Un día, sin saber cómo, Isabella llamó a la casa. Cuando Sarah respondió la llamada y escuchó una tierna, dulce y, al mismo tiempo, triste voz que era la de su pequeña, quedó atónita.

—Tía Sarah, soy yo, Isabella.

—¡¿Isabella?! Mi amor, ¿cómo estás?

—¡No quiero estar aquí, tía! ¿Cuándo puedo irme a casa?

—No te preocupes. Tu tío y yo estamos luchando para que sea pronto, mi amor.

—Ok, tía, ¿Dónde está mi tío?

—Está en el trabajo —respondió Sarah y añadió—: Mientras regresas tienes que comportarte y estudiar.

—Tía, te quiero mucho. Dile a mi tío que lo quiero mucho también.

De un momento a otro se escuchó la voz de la señora Caroline preguntándole a Isabella con quién estaba hablando. Asustó a la niña y la obligó a cerrar el teléfono sin haberse despedido de Sarah, pero esta estaba satisfecha de haber escuchado su vocecita tan linda.

Una mañana se presentó un señor bastante elegante al hospital, con un traje y una corbata que desde lejos revelaban que era muy fino.

—Buenos días, soy el abogado Brian Clark y estoy buscando al doctor Erick Miller.

—Buen día, los esposos Miller aún no han llegado —le informó la enfermera.

—¿Sabe usted si van a tardar?

—Ya deben estar en camino, son muy puntuales. Puede tomar asiento.

—Gracias, señorita —dijo el licenciado al sentarse ansioso.

Luego de unos minutos, se aproximaron Erick y Sarah. La enfermera les participó que el abogado Brian Clark los estaba esperando. Sorprendido y un poco confundido, Erick preguntó:

—¿Abogado Brian Clark?

—Sí, es aquel que está sentado allí.

—No recuerdo conocer a ningún abogado con ese nombre.

—Buenos días, ¿puedo hablar con ustedes? Solo será un momento —solicitó el abogado.

—¡Por supuesto! Pero le aclaro que no necesito un abogado.

Estando en el consultorio de Erick y en presencia de Sarah, Brian Clark dijo que sentía mucho la pérdida de sus mejores amigos, y Erick le preguntó:

—¿Cómo sabe usted que Tyson y Emma eran nuestros mejores amigos?

El licenciado se quitó la corbata, se desbrochó el primer botón de su camisa y le dijo:

—¿Les indica algo esta cicatriz que tengo en el cuello?

—Perdón, pero no. ¿Qué es lo que pasa?

—Esta fue la cicatriz que me dejó el cuchillo que usaste hace ocho años para salvarme la vida al hacerme la traqueotomía en Hawái.

—¡Madre Mía! ¡Es usted el señor que se atoraba con la comida!

—¡Santos Cielos! —dijo Sarah, pasmada.

—Sí, soy yo, el mismo señor de aquella noche, cuando usted y sus amigos estaban de luna de miel —aclaró el señor Bryan, dando un suspiro—. Nunca pude darles las gracias en persona. Mi esposa me dijo que tenían que marcharse de Hawái al día siguiente, muy temprano.

—Sí, me acuerdo perfectamente —dijo Erick todavía sorprendido—. ¿Cómo está usted? Me alegra verlo.

—Yo estoy bastante bien. Me encuentro aquí después de ocho años para agradecerle el haber salvado mi vida y ponerme a su disposición para ayudarles a conseguir la custodia de la hija de sus amigos.

—Se lo agradezco con el corazón en la mano, pero ya tenemos dos abogados. Lo que hice por usted lo hubiera hecho por cualquiera otra persona, ya que es mi deber como médico —dijo Erick—. Me alegro mucho de que esté bien.

—Créame que lo entiendo muy bien, pero insisto, sé cuánto están sufriendo por la niña y quiero contribuir para que regrese con ustedes, por favor.

—Ok, mi esposa y yo se lo agradecemos de todo corazón.

—¿Pueden ir mañana a mi oficina? Sé que tienen que trabajar y no quiero quitarles más tiempo. Necesito saber todo respecto al caso, para determinar con qué estrategia trabajar.

—Ok, mañana estaremos en su oficina a primeras horas, muchas gracias.

—Gracias a ti, Erick.

Al día siguiente, los esposos Miller junto a sus abogados, Mia Edwards y Daniel Scott, se presentaron a la oficina del abogado Clark, donde dialogaron sobre todo lo que concernía al caso. Horas más tarde Erick y Sarah se retiraron a su trabajo dejando a los abogados allí.

Días después, fue diagnosticado con alzhéimer el esposo de la señora Caroline. El doctor le explicó a su esposa que el alzhéimer era una enfermedad neurodegenerativa en que los pacientes experimentaban pérdida de memoria y de ánimo, tenían dificultades para aprender cosas nuevas y se volvían lentos en su forma de hablar. También le indicó que era la forma más común de demencia entre personas mayores. Se trataba de una demencia de trastorno cerebral que afectaba profundamente la capacidad de una persona para llevar a cabo sus actividades diarias. El cuidado del señor Lucas sería un problema fuerte para la familia. Necesitaría el apoyo de todos, en especial de su esposa.

Con todo el problema que estaba enfrentando la familia, días después la señora Caroline llamó a su hijo Isaac para preguntarle si era posible que él cuidara de Isabella por un tiempo, dado que era muy difícil para ella hacerse cargo de la niña y de su padre al mismo tiempo. Isaac le respondió que primero tendría que hablar con su esposa, visto que tenían dos hijos y que, además, Sophia solía ser bastante egoísta en algunas ocasiones.

Pasaron casi dos meses y era el día de la audiencia de apelación de Erick y Sarah. El juez Ian Cooper, que era el encargado del caso, escuchó tanto al abogado defensor, como a los abogados de la acusación y le preguntó a la señora Caroline:

—¿Por qué usted decidió asumir el cuidado de la menor, cuando aquí hay una carta de su hija pidiendo lo contrario, o sea, que la señora Sarah Miller sea la que se haga cargo? —preguntó el juez.

—Porque la niña es mi nieta y yo la quiero criar señor juez.

—Señor juez, después del fallecimiento de la madre de la menor, la niña llevaba viviendo con mi cliente seis meses y un día la señora llegó con una orden de un juez y se la llevó —dijo el licenciado.

—Y eso no es todo, su señoría. La niña estaba teniendo muchas pesadillas como consecuencia del trágico fallecimiento de sus padres hasta el punto de que mi cliente tuvo que conseguirle ayuda profesional; y justamente cuando la menor estaba mejorando, se la arrancaron de la mano sin ninguna piedad —añadió el abogado Bryan Clark.

—He escuchado lo suficiente. Esta audiencia ha terminado. Los veo el próximo mes a la misma hora. Se levanta esta sesión.

Los abogados de los esposos Miller les pidieron que consiguieran tres testigos para la próxima audiencia, que sería en cuatro semanas; y les indicaron que tenían que traerlos a la oficina cuanto antes.

Por otra parte, Isaac habló con Sophia, su esposa, acerca de si su sobrina podía quedarse un tiempo con ellos, pero ella, muy segura, le contestó que no.

—No, no puedo hacerme cargo de Isabella, ya tengo a mis dos hijos que atender.

—Por favor, mi amor, es mi única sobrina y mi mamá no puede cuidarla debido a la enfermedad de mi papá.

—No me importa lo que digas, no voy a cuidar a nadie y pun...

Así era Sophia, con esa forma de ser, siempre a la defensiva, egoísta, insolente y, para variar, muchas veces con tan poco amor hacia el prójimo. Nadie podía entender cómo Isaac, que era tan humilde, honrado y cariñoso y que daba tanto valor a la familia, había podido enamorarse de ella y, peor aún, casarse.

Una aseguradora de la ciudad contactó a los esposos Miller porque necesitaban hablar con ellos. Los agentes de la compañía fueron a casa de Erick y Sarah, y les comunicaron que desconocían que los esposos Wilson habían fallecido en un accidente automovilístico hacía varios meses hasta que se enteraron por las noticias unos días atrás.

—¿En qué podemos ayudarlos? —preguntó Erick intrigado.

—Supongo que, al no contactarnos, ustedes no sabían que el doctor Wilson contrató un seguro de vida de dos millones de dólares —les comunicó una agente.

—¡Santo Dios! —dijo Sarah abriendo los ojos como platos.

—Los beneficiarios del seguro son Emma Wilson e Isabella Wilson, pero como falleció la señora Emma Wilson, la única beneficiaria es su hija, Isabella Wilson —les informó la agente.

—Nosotros no sabíamos nada de eso, aunque casi siempre nos comunicábamos todo —dijo Erick.

—No se preocupen ni se sientan de ninguna manera. Ni su propia esposa lo sabía, pero él dejó el nombre y teléfonos de su esposa y de ustedes al sacar el seguro, por eso pudimos contactarlos.

—No sé ni qué decir, estoy sorprendida —dijo Sarah.

—Además, cuando se saca un seguro de esa magnitud no se puede andar divulgándolo, hay que ser muy cuidadoso —precisó la agente.

—La niña, por ser una menor, no podrá cobrar la indemnización del seguro al que es beneficiaria. En su lugar, el dinero lo cobrará la persona que quede como su tutor legal.

Al retirarse los agentes de la aseguradora, Erick y Sarah conversaron sobre la situación y sobre el modo en que podría afectarlos.

—Esto es un problema para nosotros, mi amor —dijo Sarah con mucha tristeza.

—¿Cómo problema? —preguntó Erick.

—Primero, si revelamos lo del seguro de Isabella, la señora Caroline con más razón va a querer quedarse con la niña —explicó Sarah a Erick, preocupada— Segundo, es posible que piense que queremos a la niña por el dinero, aunque no es así —añadió agarrando su cabeza—. Tercero, si se lo ocultamos hasta que termine el juicio por la custodia, será peor.

—Cariño, te entiendo, pero vamos a hacer lo correcto. Siempre hemos sido personas honestas y transparentes y vamos a seguir luchando como se debe, con respeto e inteligencia —dijo Erick.

—Tienes toda la razón, mi amor; perdóname, pero todo esto del seguro me causa mucha inquietud e incertidumbre.

Sarah llamó de inmediato a la señora Caroline para informarle lo del seguro de vida. A su vez, la señora Caroline se comunicó de inmediato con su hijo Isaac para transmitirle lo que Sarah le acababa de decir. Muy atenta a toda la conversación entre madre e hijo, Sophia se enteró de que Isabella era beneficiaria de un seguro de vida de dos millones de dólares. De la noche a la mañana, le nació un sentimiento maternal hacia la niña. Sin embargo, era tan ignorante que no imaginaba que Isabella no podía disponer del dinero hasta cumplir la mayoría de edad, a menos que lo cobrara la persona que quedara como su tutor legítimo. Isaac le explicó todo a Sophia y ella dijo:

—Pobrecita Isabella, cuánto debe extrañar a sus padres.

—Sí, mi amor, mi sobrina está sufriendo mucho.

—Vamos a cuidar de ella por un tiempo a ver qué pasa, pues —propuso Sophia.

—Gracias, te lo agradezco.

Isaac no se dio cuenta de las verdaderas intenciones de su egoísta esposa, pero al decirle a su madre que ellos cuidarían de Isabella por un tiempo, ella le preguntó:

—¿Qué le hizo cambiar de idea a tu esposa, que de repente accedió a cuidar a la niña?

—Nada mamá, solo está impresionada por todo lo que está pasando la niña.

—No será por el seguro de Isabella, ¿no?

—¡No ofendas a mi esposa, mamá!

«Ese hijo mío sí es tonto. ¡Dios Santo, protégelo y cuídalo, que yo no puedo!», pensó la señora Caroline. Sophia tenía a Isaac atontado con su belleza física. Era muy linda, sin embargo, esa belleza se perdía en la oscuridad de la noche.

Toda la ciudad hablaba de Isabella, de Erick y Sarah y de la audiencia que se aproximaba. La noticia estaba en todos los canales de televisión, en las emisoras de radio y en la prensa.

Después de unos días, Isaac viajó a Virginia a buscar a Isabella. Sarah, al enterarse de que la niña viviría con su tío, se preocupó, en vista de que sabía la clase de persona que era Sophia, y nunca le había parecido bien la forma tan agresiva en que trataba a sus hijos. No obstante, por otro lado, estaba feliz, ya que Isabella estaría más cerca de ellos, para ser exacto, viviría a treinta minutos de su casa. Inquieta y preocupada, Sarah empezó a sentirse mal, y Erick le advirtió que no podía recaer en una crisis. La audiencia sería en algunas semanas y si el juez la veía en malas condiciones o si no podía asistir podría perjudicarse su caso.

Después de una semana con sus padres, Isaac se preparaba para viajar con Isabella.

—¿Para dónde me llevas, tío? —preguntó Isabella con mucha insistencia—. ¿Dónde mis tíos Erick y Sarah?

—No, vamos para mi casa porque tu abuela no puede cuidarte ahora mismo. Tú abuelo está enfermo y ella tiene que dedicarle mucho de su tiempo.

—Yo no quiero ir a tu casa, tío.

—Mi amor, por ahora tiene que ser así, en casa están tus primos.

—Está bien, tío.

Al llegar a casa Isaac con Isabella, Sophia le dio la bienvenida a la niña, y le indicó que llevara sus cosas al cuarto de su prima, pues dormiría con ella. Luego la mandó a que se lavara las manos porque era hora de cenar.

Todo transcurrió normalmente por unos días, hasta que una mañana, Sophia, después de desayunar y tras marcharse Isaac, le gritó a Isabella:

—¡Isabella, recoge los platos de la mesa y friégalos todos!

—Pero yo no sé fregar, tía.

—¡Pues aprende y ya deja de contestarme!

—Yo te ayudo, Isabella —dijo su prima Cyntia.

—¡Tú no vas a ayudar a nadie!

Al pasar los días, la malvada Sophia la puso a hacer cosas como trapear, doblar la ropa, limpiar los baños. Todo se puso peor cuando el padre de Isaac se puso mal y él tuvo que viajar. Entonces Sophia sacó a halones a Isabella del cuarto que compartía con su prima Cyntia.

—¡Levántate de la cama, que vas a dormir en el sillón de afuera!

—Pero yo quiero dormir allí, tía.

—Mamá, deja que Isabella duerma conmigo.

—¡No! Te va incomodar.

—Isabella no me incomoda, mamá.

—¡Isabella va a dormir afuera y ya!

Cada día era más el maltrato hacia Isabella. Sophia la insultaba, la rechazaba, la humillaba, la despreciaba y la atemorizaba. Isabella estaba viviendo un calvario sin saberlo su tío. Todo era totalmente distinto cuando él estaba en la casa. Pero la niña no decía nada porque Sophia la había amenazado diciéndole que si le contaba al tío, la pondría en una casa-hogar para huérfanos. Isabella tenía mucho miedo de no volver a ver a sus tíos, así que decidió quedarse callada y hacer todo lo que la malvada Sophia le ordenaba.

Por su parte, Sarah dejó de ir al trabajo. Solo quería dormir, y se sentía deprimida y malhumorada otra vez. Erick llamó a la psicóloga, y este le comunicó que pensaba que Sarah sufría una recaída, lo que era extraño ya que estaba en buenas condiciones y no había razón para que volviera a enfermarse, pues todo marchaba bien. Al día siguiente la psicóloga, desconcertada, fue a visitar a Sarah y le preguntó:

—Sarah, ¿qué te está pasando?, ¿por qué estás así?

—No sé, unas veces me siento triste, otras veces enojada y no quiero levantarme de la cama, doctora.

—¿No estarás embarazada?

—No, doctora. No puedo tener hijos.

—¿Un especialista te dijo eso?

—No, doctora, pero mi esposo y yo hemos tratado de tener hijos durante más de siete años. Hemos acudido a especialistas tras especialistas, hasta perder la cuenta. No se imagina por todo lo que hemos pasado.

—Quiero que mañana te hagas unos exámenes, incluyendo un examen de la sangre. Solo para estar seguros.

—Ok, doctora, pero le aseguro que no estoy embarazada.

—No te preocupes, que yo mismo la llevo mañana.

Cuando se retiró la doctora, Erick preguntó:

—Mi amor, ¿y si realmente estás en cinta?

—No creo, mi cielo, y tampoco quiero pensar en esa posibilidad. He sufrido mucho por no poder darte un hijo y no quiero volver a sufrir otra vez.

—Te comprendo, pero acuérdate de lo que tu amiga Emma siempre decía: «El tiempo de Dios es perfecto».

—Sí, me acuerdo, ¡cuánto la extraño!

Sarah fue al día siguiente al hospital donde le practicaron todos los exámenes indicados por la psicólogo. Veintiséis horas después le entregaron a Erick el sobre con el resultado, pero como él estaba en consulta no lo abrió. Al llegar a casa le preguntó a Sarah cómo se sentía:

—Igual, cariño —respondió—, tengo mucho sueño. Te serviré la cena, que voy a dormir.

—Ok, mi amor.

—Tengo el resultado de tu examen. No lo abrí en el hospital porque estaba ocupado con un paciente, voy a buscarlo. Cuando Erick abrió el sobre y leyó el resultado, no podía creer lo que estaba viendo. Parpadeó varias veces y se quedó pasmado. Enseguida reaccionó y empezó a gritar:

—¡Sarah, Sarah! ¡Sarah, amor!

—¿¡Qué sucede Erick!? ¿Qué pasa? ¿Estás bien?

—¡Estás embarazada! ¡Mira! ¡Mira!

—¿Cómo? ¿Qué?

—¡Sí, mi amor, mira los resultados! ¡Vamos a ser papás!

—¿En serio, mi amor?

Los esposos Miller no creían ni asimilaban lo que estaba pasando en ese instante. No dejaban de mirar el resultado, estaban muy felices. Erick no cesaba de besar el vientre de Sarah y corría por toda la casa gritando que sería papá. Sarah temblaba y bailaba al ritmo de Erick.

—Mi amiga tenía razón: «El tiempo de Dios es perfecto».

Erick seguía brincando por toda la casa, abrazando y besando a su esposa.

—¡Tyson, Emma, amigos...! Emma... «El tiempo de Dios es Perfecto», como tú siempre decías, amiga. ¡Sarah está embarazada!

—¡Cuánto me hubiera gustado que mi amiga estuviera conmigo en estos momentos, mi amor!

—Lo sé, mi amor. A mí también me hubiera gustado que estuvieran con nosotros. Están en nuestros corazones.

—¿Puedes llevarme mañana al camposanto? Quiero decirle a Emma que estoy embarazada.

—¡Claro! Primero vamos con el especialista para que te revise y luego iremos a visitar a nuestros amigos.

¿Cómo se enteraron los reporteros? Nadie supo, pero días después los periodistas estaban esperando a Sarah en la entrada del hospital. Al verla salir de su auto, corrieron hacia ella preguntándole:

—¿Es cierto que estás embarazada?

Sarah no respondió hasta que salió una pregunta incomoda que no le gustó.

—¿Qué va a pasar con Isabella ahora que esperas tu propio hijo?

Sarah volteó y respondió con una voz profunda:

—¡Nunca voy a dejar de luchar por Isabella! Y se retiró muy enojada.

Sophia veía la noticia por la tarde y no se dio cuenta de que Isabella estaba en la cocina; de modo que cuando esta escuchó la voz de Sarah, corrió y miró la televisión, donde veía la persona que ella tanto quería. En el noticiero informaban que la mujer que estaba luchando por la custodia de su ahijada estaba embarazada. La niña, al oír la noticia, se puso triste, ya no quería comer ni hacer nada. Solo pensaba en que sus tíos no la querrían más porque iban a tener un bebé. Isabella, muy triste, no podía conciliar el sueño y no dejaba de llorar. Al llegar Isaac del trabajo, Sophia le comunicó lo que acababan de anunciar en la noticia:

—¡Isaac, Sarah está embarazada!

—Puede que sea lo mejor. Quien quita y deja de luchar por mi sobrina.

—¡Sí, para que todo esto finalice!

—¿Por qué todo lo tienes que decir gritando? —le reprochó Isaac y añadió—: En parte es lo mejor para que todo esto acabe de una vez y por todas; pero conociendo a Sarah como la conozco, sé que no se dará por vencida tan fácilmente.

—¡Ah, bueno! Ese es problema de ustedes.

—¿Por qué siempre tienes que ser tan fría? Pareciera que no tuvieras sentimientos. Cuando te conocí no eras así. Dime cuál es el problema para poder ayudarte.

—¡Problema yo! ¡Problema es en el que se encuentran ustedes ahora mismo!

Al día siguiente, cuando Isaac dejó a los niños en la escuela, Isabella esperó un descuido del portero y se escapó de la institución, tras informarle a Cyntia que iría a buscar a sus tíos Erick y a Sarah.

—No vayas, Isabella, te vas a perder —le advirtió Cyntia.

—No me perderé, me voy antes de que salga el portero.

Media hora después, la maestra se dio cuenta de que Isabella no estaba en el salón. Fue a la clase de su prima y le preguntó si había asistido a la escuela. Cyntia le informó que Isabella se había ido a buscar a sus tíos Erick y Sarah. Sin embargo, ya para ese entonces Isabella estaba lejos y extraviada, caminando sin rumbo fijo. De inmediato llamaron a Isaac. Sarah se enteró por las noticias y también lo llamó. Los esposos Miller se dirigieron rápidamente a la casa de Isaac donde esperaban obtener noticias. Sarah, desesperada por no saber de Isabella, preguntó:

—¿Por qué Isabella se fue de la escuela?

—Ella me dijo que los iba a buscar a ustedes —respondió Cyntia con mucha tristeza.

—¿Cómo que a buscarnos? —preguntó Sarah.

—Sí, ella me dijo: «Voy a buscar a mis tíos Sarah y Erick».

—Está bien mi amor. No entiendo lo que está pasando. ¿Ocurrió algo?

—Ayer escuchó en las noticias que decían que estabas embarazada, no sé si fue eso —dijo Sophia.

—¡Por Dios Santo! Claro que es eso —dijo Erick tamboreando los dedos.

Dos días pasaron y las autoridades no encontraban ninguna pista del paradero de Isabella. Una noche, un mendigo que caminaba por una calle solitaria, observó de lejos a una niña sentada en el banco de un parque. El mendigo se le acercó y le preguntó tartamudeando:

—¿Niña qué haces aquí a estas horas y sola? Con este frío, te puedes enfermar.

—¿Quién es usted? Déjeme sola —respondió Isabella—. ¿Por qué habla así?

—Ven conmigo, es muy peligroso que te quedes aquí. No tengas miedo por mi forma de hablar, soy tartamudo.

—¿Qué es tartamudo?

—Mi nombre es Nathan y vivo bajo un puente.

—Yo me llamo Isabella y estoy buscando a mis tíos Erick y Sarah.

—Ponte este abrigo y vámonos.

Al día siguiente, el mendigo se dio cuenta de que Isabella estaba temblando, y al tocarla descubrió que estaba ardiendo en fiebre. El indigente tenía miedo de llevarla al hospital por temor a que pensaran que se la había robado; por eso salió a buscar medicamentos para la fiebre. Horas más tarde, Isabella se sintió mejor y hasta comió. Pasó otro día y nada de Isabella. Erick y Sarah, desesperados, regresaron a casa de Isaac.

—¿Se ha sabido algo de la niña? —preguntó Sarah, mientras se secaba las lágrimas.

—La angustia me está matando y las autoridades que no llaman —dijo Erick.

—¡Dios mío! ¿Dónde está mi pequeña? Vamos a buscarla nosotros —dijo Sarah llorando.

—Sí, vamos, mi amor.

El pordiosero le dijo a Isabella que era tiempo de que la llevara a su casa. Ella le informó que no sabía la dirección, tenía el número del celular de su tía, y le suplicó que la fuera a llamar. Erick y Sarah estaban buscando a Isabella, cuando en eso sonó su celular.

—Necesito hablar con Sarah —dijo el indigente tartamudeando.

—Soy yo, Sarah ¿quién es usted?

—Una niña llamada Isabella me pidió que la llamara.

—¡¿Dónde está Isabella?!

—Está conmigo, apunte la dirección para que venga por ella —dijo el señor temblando de miedo—. Por favor, no me meta preso, yo la vi en el banco de un parque y me la lleve conmigo. Era peligroso que estuviera allí sola, y, además, estaba temblando de frío.

—¡No, no! No se preocupe, muchas, muchas gracias, vamos en camino.

Erick y Sarah sintieron que volvían a tener vida. Se dirigieron a la dirección dada por el mendigo, llamaron enseguida a Isaac y a la policía responsable del caso. Los esposos Miller fueron los primeros que llegaron, minutos después lo hicieron Isaac y la policía. Erick y Sarah estrecharon a Isabella entre sus brazos. No querían soltarla, a los dos se les salían las lágrimas de tanta felicidad. La sonrisa volvió a sus rostros. Después, Isabella le proporcionó un apretón a su tío Isaac.

—¿Por qué te fuiste de la escuela, mi amor?

—Solo quería estar con ustedes.

—Pero no puedes escaparte así, mi amor, prométenos que nunca más lo volverás a hacer.

—Se los prometo, pero llévenme a vivir con ustedes.

—Estamos luchando para que puedas estar siempre con nosotros, mi amor.

—¿Es cierto que vas a tener un bebé?

—Sí, cariño, vas a tener un primito o una primita. ¿Te parece bien?

—Sí, tía, mucho. Pero no me van a dejar de querer, ¿verdad?

—¡Jamás, mi amor!

—No quiero estar en casa de mi tío. Mis primos y él son muy buenos, pero mi tía Sophia es muy mala conmigo.

—¿Cómo? —preguntó Sarah.

—No digas eso, Isabella, que tu tía te quiere mucho —dijo Isaac.

—No, tío. Ella no me quiere. Me trata bien cuando tú estás en casa, pero cuando no estás me pone a lavar los platos, a barrer, a doblar la ropa de todos, a trapear la casa, a limpiar los baños. Me humilla, me pega, siempre me grita y, cuando no estás, me saca del cuarto de mi prima Cyntia y me pone a dormir en el sillón de la sala.

—¡Dios Santo! ¡Madre Purísima! ¿Qué clase de ser humano tienes cómo esposa, Isaac? —dijo Sarah cerrando los puños con fuerza hasta clavarse las uñas.

—Te juro que si tu esposa vuelve a maltratar a Isabella, la reporto ante las autoridades correspondientes —dijo Erick con mucha rabia.

—Siento mucho que Sophia te haya hecho todo eso, Isabella. Yo no sabía nada, perdóname.

—¡Con todo respeto, Isaac, pero Isabella es tu sobrina y tienes que estar más al pendiente de ella! —dijo Sarah, enfadada.

—Y también me advirtió que si decía algo me llevaría a una casa para huérfanos.

—¡¿Qué?!, ¡¿qué?!

—Señor agente quiero hacer una denuncia en contra de la esposa de este señor.

—Tiene que ir a la estación de policía para hacerla —dijo el agente.

—Por favor, Sarah, déjame arreglar esto. Te prometo que no volverá a lastimar más a la niña —dijo Isaac avergonzado y furioso.

Erick y Sarah estaban conmovidos por todo lo que Isabella les había dicho. Se quedaron atónitos al escuchar tanta crueldad de una mujer hacia una niña; una mujer que, para colmo, tenía hijos. No podían creerlo, sabían que era egoísta, pero no que fuera despiadada. Sarah rompió en llanto diciendo que la niña no volvería a esa casa, pero Erick le advirtió que si hacían eso en este momento se estarían metiendo en graves problemas, ya que estarían cometiendo desacato judicial. Se exponían a ser imputados y posteriormente podrían terminar en prisión. Sarah no dejaba de llorar.

—¡Perdóname, amiga! ¡Perdóname, Emma! Te prometí que cuidaría de Isabella y no lo estoy haciendo. ¡Perdóname! — Sarah lloraba con desesperación por tanta maldad y por no poder hacer cumplir la última voluntad de su mejor amiga.

—Tú no tienes la culpa mi amor —le indicó Erick.

La prensa una vez más estaba al tanto de lo que estaba ocurriendo y lo grababa todo. Mientras el policía se llevaba al vagabundo detenido, Isabella gritó:

—Suéltelo, señor policía, suéltelo, él no me hizo nada. Solo me ayudó y me dio su cobija para dormir, porque yo estaba temblando de frío; y cuando me enferme me compró medicamentos y comida. Él llamó a mi tía Sarah, no se lo lleven, por favor.

Erick les pidió a los guardias que soltaran al mendigo, que él se encargaría, y les informó que no presentaría ningún cargo contra el señor. Los policías se retiraron, no sin antes decirle a Isaac que el delito que estaba cometiendo su esposa era grave y se castigaba con cárcel. Los reporteros no dejaban de grabar por ningún motivo, uno de ellos sollozaba mientras grababa. Isaac le dijo a Isabella que ya se tenían que ir y la niña empezó a llorar.

—¡No, No! ¡No quiero regresar a tu casa, quiero irme con mis tíos! —exclamó.

Isabella colocó sus bracitos con firmeza alrededor del cuello de Sarah para que no se la llevaran.

—Vamos, Isabella, tenemos que irnos —le dijo Isaac.

—¡No quiero, suéltame!

Isaac tuvo que quitar los brazos de Isabella del cuerpo de Sarah porque no la soltaba. Finalmente, pataleando y gritando su tío se la llevó.

—¡Sarah, Erick! ¡Sarah, Erick! ¡Tíos! Ayúdenme por favor, no dejen que me lleven, ¡tíos!

Erick y Sarah quedaron destrozados y tirados en el suelo escuchando los gritos de su pequeña Isabella, que se alejaba cada vez más mientras se retiraba el auto, hasta que por fin no la oyeron más. Los reporteros seguían grabando, la mayoría de ellos se habían puesto tristes por lo que acababan de presenciar, era como una novela. El vagabundo se rascaba la cabeza una y otra vez mientras caminaba en círculo tratando de entender lo que estaba ocurriendo.

Isaac llegó a casa, después de tres largas y agobiantes horas, con Isabella en brazos, pues se había quedado dormida en el auto de tanto llorar.

—¿Qué le pasó a Isabella, papá?

—Nada, mi amor, está dormida. Voy a llevarla al cuarto. ¿Dónde está su madre?

—Está en el baño, papá.

—¿Es cierto que su madre pone a Isabella a hacer las labores de la casa?

—Sí, papá. Yo siempre he querido ayudarla, pero mamá me dice que no la ayude; también la hace dormir fuera del cuarto cuando te vas los fines de semana a donde mis abuelos.

—Ok, váyanse para sus cuartos, hasta mañana.

—Hasta mañana, papá.

Isaac, furioso, esperó que Sophia saliera del baño.

CAPÍTULO 7

Nace el hijo de Sarah

Isaac esperó a que Sophia hasta que al fin salió del baño.

—Hola, mi amor, ¿qué sucede, encontraron a Isabella?

—¿Qué clase de mujer eres tú?

—¿A qué te refieres, amor? —preguntó Sophia.

—¿Cómo fuiste capaz de maltratar a mi sobrina?

—No entiendo.

—¿No entiendes? Eres una mujer de muy malos sentimientos, no sé cómo pude enamorarme de ti.

—¿Qué se supone que hice ahora?

—¡Cállate la boca! —ordenó Isaac—. En qué cabeza cabe poner a una niña de tan solo siete años a hacer las labores de la casa. ¿Estás loca? Y encima de eso le pegas y la sacas del cuarto para obligarla a dormir en el sillón.

—¡Eso es mentira!

—¡Isabella y Cyntia jamás me mentirían! ¡Y para colmo eres mentirosa! ¿En qué te has convertido, mujer? No vuelvas a darle mala vida a mi sobrina o te la verás conmigo.

—Lo siento mucho. Pero algo sí te voy a decir. Yo nunca le he puesto una mano encima a Isabella.

—¡Y te la verás con Sarah también! —prosiguió Isaac—. Ella quería denunciarte por maltrato infantil ante las autoridades y tuve que pedirle que no lo hiciera.

—¡Qué haga lo que tenga que hacer!

—¡No te das cuenta de la gravedad del asunto! —replicó Isaac con mucha cólera.

Sophia se mostraba fuerte, pero por dentro sentía mucho miedo, ya que Isaac le había hablado en un tono al que ella no estaba acostumbrada. También con solo pensar que podría ir a parar a la cárcel, se le ponían los pelos de punta, aún más al saber que estaría encerrada con mujeres mucho más malas que ella. Sin embargo, no mostraba nada de arrepentimiento.

Al día siguiente la noticia estaba en todos lados. Las escenas dolorosas en que Erick y Sarah habían participado tenían a toda la población consternada. La ciudad de Nueva York ahora entendía la lucha de unos «padrinos» por hacer cumplir el último deseo de su mejor amiga. Días antes existían sentimientos encontrados en la población respecto al asunto, pero después de apreciar las duras escenas del día anterior, se produjo un gran cambio positivo.

Erick y Sarah salieron de la cafetería del hospital luego de almorzar. Iban por el pasillo, cuando escucharon un grito.

—¡Sarah, Erick!

Al voltearse vieron a su pequeña Isabella corriendo hacia ellos, con una sonrisa de oreja a oreja que jamás le habían visto en su vida. Sarah salió corriendo hacia ella, la cargó y la besó. Seguidamente miró a Isaac y dijo:

—Muchas gracias.

—Regreso por ella en la tarde, voy a hacer algunas diligencias por acá.

—Te lo agradecemos mucho, gracias —dijo Erick tomando en brazos a Isabella.

Todos en el hospital saludaban, abrazaban y besaban a Isabella. Todos estaban contentos de poder ver a la niña. Alumbró todo el centro médico con su presencia, como la luna alumbra por las noches.

—Cancela todas mis citas —dijo Sarah sonriendo.

—Igual las mías, por favor —dijo Erick—. Vamos a pasar el resto del día con nuestra pequeña Isabella.

Fueron al parque, donde ella corrió y jugó con otros niños, comió helado, brincó y se rio. Era la forma en que querían que la niña viviera: feliz, sin nada que la preocupara ni nadie que la maltratara. Sin duda fueron unas horas excelentes.

Esa misma tarde, los abogados llamaron a los esposos Miller para notificarles que la próxima audiencia sería en dos días.

Al día siguiente Erick fue a la oficina del director del hospital a hacerle un planteamiento relacionado con aquel mendigo que había acogido a Isabella, cuidándola y protegiéndola sin conocerla.

—Señor director, quería pedirle ayuda para una persona.

—¿A qué te refieres?

—Cómo verá, quiero ayudar al señor que protegió a Isabella cuando ella se escapó.

—¿Cómo puedo ayudarlo?

—Yo estaba pensando que podía trabajar en el aseo del hospital.

—Como tú digas, Erick. Arregla todo para que pueda empezar—respondió el director del centro médico—. Nunca olvidaré lo que tu esposa y tú hicieron por mí.

—Por cierto, ¿cómo va todo con eso?

—Hablé con mi familia, como me lo aconsejaste, y fueron muy comprensivos. Mis hijos me acompañaron a poner la denuncia —explicó el señor Jonathan Lee, muy agradecido con Erick—. Las autoridades me comunicaron ayer que estaban tras la pista de los estafadores y que muy pronto los atraparían.

En horas de la tarde, Erick regresó al puente donde vivía el vagabundo para hablar con él.

—¡Hola, buenas tardes! ¿Se acuerda de mí? — le preguntó.

—¡Claro! Es usted el tío de Isabella. ¿Cómo está ella?

—Ella está bien, lo que quiero hablar con usted es...

—¡No me diga que estoy en problemas!

—¡No, cálmese! Para nada. Quisiera agradecerle por lo que hizo por mi niña. Quiero que venga a trabajar como aseador en el hospital para el cual yo trabajo. ¿Quiere trabajar?

—¿Yo trabajar? ¿Está usted hablando en serio? —dijo el vagabundo tartamudeando.

—Claro que sí, es mi forma de agradecerle lo que hizo por Isabella.

—Por supuesto que sí, muchas gracias, no lo voy a defraudar. Como verá yo me quedé en la calle hace cinco años, cuando traté de ayudar a un amigo —explicó el vagabundo con mucha tristeza—. Soy una persona honrada, no tengo ningún vicio y trato de alimentarme lo mejor que puedo.

—Perfecto, entonces lo espero mañana. Tenga este dinero como un pequeño adelanto para que compre algo de ropa y busque un lugar para vivir.

—Gracias, Dios lo llene de muchas bendiciones —le deseó el señor Nathan, bastante conmovido por la visita de Erick.

Sarah ya tenía siete meses de embarazo, y Erick y ella decidieron irse de compras para el bebé. Así que llamó a Isaac para preguntarle si Isabella podía acompañarlos.

—¡Hola! Buenos días, Isaac, quería pedirte permiso para que Isabella vaya con nosotros de compra.

—Buen día, qué coincidencia, voy por esos lados hoy. Terminamos de desayunar y te la llevo.

—Gracias de todo corazón.

Isaac ya estaba cien por ciento seguro del amor que Erick y Sarah sentían por su sobrina, al punto de que él mismo había llegado a sentir aprecio por ellos.

Fue un día maravilloso: visitaron tantas tiendas, compraron tantas cosas para el bebé y para Isabella. Luego fueron a almorzar y hasta tuvieron tiempo para llevar a la niña otra vez al parque. En sus ojitos se notaba toda la felicidad que sentía. Al llegar a casa, se pusieron a ver una película animada comiendo palomitas de maíz. De repente llegó Isaac:

—¿Estás lista Isabella?

—No. ¿Podemos quedarnos hasta que termine la película, tío?

—Ok, está bien, pero solo un rato.

—¿Quieres tomar algo? —preguntó Erick.

—Sí, claro, gracias.

Minutos después Erick le indicó a Isaac que se fueran a su despacho. Una vez allí, Erick le preguntó si se había dado cuenta de lo feliz que era Isabella cuando estaba con ellos. Le aclaró que ellos no querían robarse el cariño de la niña, como todos pensaban, y que ese sentimiento siempre había estado allí desde el día que nació. Le recordó que la amaban, que solo querían lo mejor para ella y que se cumpliera el último deseo de su hermana. Erick sacó la carta escrita por Emma de su puño y letra antes de fallecer y se la entregó para que él mismo la leyera con sus propios ojos:

«Mi querida amiga, mi hermana de toda la vida. Si estás leyendo esta carta es porque ya no estoy contigo, aunque siempre estaré en tu corazón. La razón por la cual he escrito estas líneas es porque tú, Sarah Miller, eres la persona más cercana a mí y a mi pequeña Isabella. Quiero pedirte o mejor suplicarte que, por favor, tú te hagas cargo de lo más preciado que tengo, ya que nadie cuidará de ella mejor que tú, te amo amiga. Emma Wilson».

Con un suspiro y con lágrimas en los ojos, Isaac terminó de leer la carta. Le dijo que él sabía que su hermana los quería mucho, pero no al grado de ponerlos encima de él y de sus padres. Erick le aclaró de inmediato que él no creía que ella los hubiese puesto por debajo de ellos, sino que a lo mejor había pensado que sus padres ya estaban un poco mayores para hacerse responsables de la niña y que él ya tenía una familia por la cual velar. Agregó que, sin ofender a nadie, Isabella estaba más acostumbrada a ellos.

—¿Por qué crees que quiere estar con nosotros? Porque somos las personas que siempre estábamos con ella —precisó y añadió—: Emma los quería mucho, siempre lo decía.

—Gracias, Erick. Me has hecho entender muchas cosas, les agradezco por el enorme amor que siempre les han tenido a mi hermana y a su hija.

—No tienes nada que agradecer, todos compartíamos el mismo sentimiento hacia los otros.

—Voy a hablar con mi madre para que esto termine de una vez y por todas e Isabella sea feliz —dijo Isaac.

—Desde que falleció mi amigo, no había entrado ni hablado con nadie en esta habitación, como lo hice hoy contigo —le confesó Erick.

En eso Isabella y Sarah ingresaron a la oficina. Isabella saltó encima de su tío Erick y le comentó que la película estaba linda. Él se comprometió con ella para que le contara el final otro día. Luego Isabella les preguntó a sus tíos si ellos podían irse a vivir a casa de su tío Isaac y todos se rieron a carcajadas.

Sarah, acompañada por su esposo, fue al camposanto para contarle a su amiga que su sueño de ser madre estaba a punto de cumplirse en algunos meses y para decirle que le dolía mucho que no estuviera con ella para compartir su felicidad. También le habló de la audiencia a la que tendría que asistir al día siguiente, y le imploró que le echara la mano con eso, pues estaba luchando contra su propia madre por la custodia de Isabella. Permanecieron como media hora sentados frente la tumba de sus amigos y luego se marcharon un poco tristes, pensando en todo lo que habían vivido.

Llegó el jueves y Erick, Sarah, Isaac y la señora Caroline se apersonaron a la corte junto a sus abogados y testigos. Mientras esperaban para que les dieran la orden para ingresar en la sala, Isaac aprovechó para hablar con su madre y explicarle que él estaba seguro de que Erick y Sarah eran buenas personas y querían con sinceridad a Isabella.

—¿Por qué no te olvidas de todo esto, madre, y permites que Isabella viva con Sarah y Erick?

—¡Jamás! Siempre supe que eras débil y de carácter mediocre.

—¿A qué viene todo eso madre? Para qué el insulto. Yo solo quiero que entiendas que la última voluntad de mi hermana era que su hija viviera con ellos y pido que se respete su voluntad.

—¡Cállate! Hasta tu hermana, que en paz descanse, tenía más carácter que tú. Isabella es mi nieta y la quiero con nosotros.

—¡Esa no era la última voluntad de mi hermana!

—¡Lárgate de aquí y vete con ellos, mal agradecido!

Todos estaban en la sala para la segunda audiencia con el juez Ian Cooper. Bianca fue la primera en ser llamada a declarar.

Puede usted decir su nombre:

—Mi nombre es Bianca Hill.

—¿Jura decir la verdad y solo la verdad? Le advierto que, de no hacerlo, puede incurrir en un delito de falso testimonio y, como consecuencia, puede ser castigada con una multa o con cárcel.

—Lo juro.

—¿Qué tiene usted que aportar en relación con este caso?

Bianca le dijo al juez que había trabajado para los esposos Wilson por siete años, desde que Isabella apenas tenía tres meses de nacida. Días después de empezar a trabajar, conoció a los esposos Miller, o sea a Erick y a Sarah. Añadió que al momento de conocerlos se dio cuenta enseguida de que eran buenas personas y descubrió el gran cariño que sentían los unos por los otros y el amor que le tenían a la bebé. Destacó que siempre estaban juntos. Era como si Erick y Sarah vivieran en la casa, puesto que iban allí casi todos los días, de la misma manera que Emma y Tyson iban a la suya. Indicó que todos la trataban como si ella fuera parte de la familia y no como una simple niñera. Para finalizar, agregó que ella era testigo del amor que Isabella sentía hacia los esposos Miller. Bastaba con verlos o con escuchar que vendrían a casa, para que ella se pusiera a saltar, bailar y cantar. Seguidamente llamaron al estrado al señor Jonathan Lee.

—¿Y qué viene usted a decir señor Lee?

El señor Lee expresó que los ahora fallecidos, Emma y Tyson Wilson, trabajaban en el hospital donde él era el director. Como vio que Tyson y Emma se habían graduado en la escuela de medicina con los más altos honores, les propuso que trabajaran en el centro médico, lo que ambos habían aceptado muy amablemente. Luego de unos meses, Tyson le preguntó si les podía dar trabajo a unos amigos que se habían graduado con él. Para suerte de Erick y Sarah, el hospital estaba necesitando médicos con la especialización de ellos y entraron a trabajar. El doctor dijo que desde ese momento nunca los había visto separados, donde estaba uno estaba el otro y resaltó que los esposos Miller eran los padrinos de Isabella y que la amaban sinceramente, del mismo modo en que Isabella los amaba a ellos. Finalmente, recalcó que si antes no sabía el valor de una verdadera amistad, pues que ahora lo sabía.

Al terminar el doctor convocaron a la madre de Tyson, la señora Evelyn Wilson.

—Su nombre por favor.

—Evelyn Wilson.

—¿Qué tiene que decir?

La señora Wilson le manifestó al juez que lo único que quería que supiera era que ella también era abuela de la menor, que solo deseaba lo mejor para ella y que estaba segura de que lo mejor para su nieta era que estuviera con los esposos Miller. Destacó que la niña sufría mucho al estar lejos de ellos y que, además, esa había sido la última voluntad de su madre, lo cual debía ser respetado. También añadió que Emma había dejado todo por escrito para que no se encontraran en la situación en la que precisamente se encontraban.

El abogado defensor le hizo saber al juez que había escuchado a sus tres testigos. De inmediato este preguntó al licenciado acusador si tenía testigos para el caso y este respondió que sí. Seguidamente llamaron a Caroline.

—¿Cuál es su nombre? —le preguntaron.

—Caroline Anderson.

Caroline le comunicó a su señoría que Isabella era su nieta por lo que quería que viviera con ella. Destacó que ella sí era un verdadero familiar de la niña y no una simple madrina. Agregó que la quería a su lado porque era lo único que conservaba de su fallecida hija, y le rogó al juez que no se la quitara.

—¿Sí usted quiere tanto a la niña, por qué ella no está con usted?

—Lo que sucede, su señoría, es que a mi esposo le diagnosticaron la enfermedad de Alzheimer, y tengo que estar muy pendiente de él a toda hora.

—¿Dónde está la menor?

—Está temporalmente en casa de mi hijo. Mi nieta es beneficiaria de un seguro de vida de dos millones de dólares y creo que es la única razón por la cual los esposos Miller quieren su custodia, señor juez.

Todos en la Corte se irritaron por la barbaridad que estaba saliendo de la boca de la señora Caroline. Sarah se puso de pie y gritó:

—¡Eso es mentira, señor juez! ¡Yo amo a Isabella y no estamos luchando por ella por ningún dinero! Mi esposo y yo no somos millonarios, pero, gracias a Dios, tenemos un buen trabajo y podemos vivir bien por muchos, muchos años.

El juez pidió orden en la sala. Cuando los presentes hicieron silencio, se dirigió a Sarah y le preguntó:

—¿Cómo piensan ustedes hacerse cargo de la menor con la clase de trabajo que tienen? Un menor es una responsabilidad muy grande.

—Haremos lo que tengamos que hacer, señor juez.

—En cinco meses será la próxima audiencia, en la que emitiré mi veredicto. Deseo hablar con el agente de la aseguradora que atendió al señor Wilson —dijo el juez con voz fuerte—. También quiero hablar con la psicóloga de la niña y conversar con la menor. Se levanta esta sesión.

La salida de la Corte estaba repleta de personas que gritaban.

—¡Sarah, estamos contigo!

—¡La ciudad está contigo!

—¡Isabella, Isabella, Isabella, Isabella...!

La multitud ya entendía por qué unos «padrinos» peleaban por su ahijada. Un reportero le preguntó a una señora que formaba parte de la multitud por qué estaba ella en la Corte con una pancarta. La señora enseguida le respondió que estaba allí para apoyar a los esposos Miller y que quería que le otorgaran a ellos la custodia de Isabella, ya que la niña los quería mucho y, además, era la última voluntad de su madre. Luego, le confesó al reportero que cuando todo había comenzado, ella no estaba de acuerdo con los Miller, pues pensaba que Sarah y Erick eran unos atrevidos al pelear por una niña que tenía familia. Sin embargo, después de ver las tristes escenas cuando la niña se extravió por buscar a sus tíos, comprendió que la felicidad de Isabella era estar con sus padrinos, y por eso estaba allí. Un señor del público dijo: «La lealtad que tiene Sarah por su mejor amiga es impresionante».

Pasaron las semanas y Sarah estaba más cerca de dar a luz. Un día le comentó una vez más a su esposo que le hubiera gustado que su amiga estuviera con ella en esos momentos. Él le respondió que Emma estaba con ella; no en carne y hueso, pero que estaba con ella.

Poco después, tras desayunar con sus padres, Leo les dijo que tenía que retirarse, ya que pasaría a recoger unos documentos a casa de su hermano Erick. Cuando llegó a la residencia tocó la puerta por varios minutos, pero Sarah no respondió. Entonces llamó a Erick para informarle que estaba en su casa, pero que su esposa no salía. Erick le dijo que la llamaría, pues ella tenía que estar allí. Leo se dirigió a la parte trasera de la casa y, al mirar por una de las ventanas, descubrió a Sarah tendida en el suelo. De inmediato avisó a su hermano quien le ordenó que tirara la puerta y entrara; en segundos la ambulancia estaría en camino al igual que él. Al entrar a la casa Leo levantó a Sarah del piso, inconsciente, la acostó en la cama, y notó que estaba mojada. Tras recibir los primeros auxilios, Sarah fue trasladada al hospital donde fue atendida y minutos después reaccionó.

—Hola, mi amor, ¿cómo te sientes? —le preguntó Erick.

—¿Dónde estoy?, ¿qué me pasó?

—Leo fue a recoger unos papeles que dejé para él, y cómo no abrías la puerta me llamó.

—Estaba arreglando el cuarto y sentí que algo tibio se deslizaba por mis piernas, miré y ya no me acuerdo de más nada.

—Me alegro de que estés bien.

—¿Cómo está el bebé? No quiero perderlo —dijo Sarah muy alterada.

—El bebé está bien gracias a que te encontraron a tiempo. No te preocupes, en unas horas lo tendrás en tus brazos —dijo el doctor.

—¡Ay! ¡Ay! Me duele, Erick.

—¡Doctor, mi esposa tiene contracciones! —avisó Erick, asustado.

Una hora después, Sarah dio a luz a un hermoso bebé varón. Sus sueños por fin se habían hecho realidad. Lo primero que Sarah hizo fue darle gracias a Dios por una bendición tan grande. Estaban tan dichosos que no lo podían creer. Sus ojos y su sonrisa brillaban como nunca. A Erick le temblaba todo el cuerpo y no dejaba de sonreír.

—Mi amor, lo logramos —dijo Erick.

—¡Sí! Lo logramos, gracias a Dios.

Cuatro días después, Sarah regresó a su casa con su pequeño Jason.

CAPÍTULO 8

Isabella en la playa

Sophia continuaba maltratando a Isabella. Un día la niña se sentía tan mal que no podía ni pararse. Sophia le dijo que no le creía y le ordenó que se levantara de la cama para hacer las labores de la casa. Isabella le repitió una y otra vez que no se sentía bien, pero Sophia no paraba de insultarla acusándola de ser una floja. Le dijo que iba a salir y le ordenó que, al regresar, todo tenía que estar limpio. Con todo y que no se sentía bien, Isabella se paró e hizo toda la limpieza con la ayuda de su prima Cyntia. Isabella no estaba propiamente enferma, sino débil por falta de alimento. Su prima le proporcionó de comer y enseguida recuperó la energía que siempre había tenido. Al terminar de comer, le comentó a Cyntia que no sabía cuándo todo iba a terminar, y le preguntó por qué su mamá no la quería, si ella no le había hecho nada malo y la quería a pesar de todo lo que le hacía. Cyntia con mucha tristeza la abrazó mientras le decía que ella y su hermanito sí la querían.

Horas después, la señora Evelyn, abuela de Isabella, llamó a Isaac para preguntarle si la niña podía ir a pasar el fin de semanas con ellos. Isaac, comprensivo, exclamó que eso no era ningún problema, aun así tuvo que pedir ayuda a los vecinos para sacar a Isabella por la parte de atrás de su casa. Isabella se sentía afortunada al saber que estaría con sus abuelos y lejos de las manos de la bruja de su tía. Fueron a muchos lugares en muy poco tiempo: la llevaron al museo de cera, a una titería y al parque. Se divirtió hasta quedar agotada. El domingo en la mañana, Isabella les pidió que la llevaran para la playa. A ellos no les gustaba ir mucho a la playa, sin embargo, aceptaron puesto que tenían conocimiento de lo mucho que el mar significaba para la niña. Estando allí, Isabella se puso a jugar en la arena con otros niños sin que los abuelos le quitaran la vista de encima; pero, jugando y jugando, Isabella se introdujo en el agua poco a poco evocando recuerdos de cuando iba con sus padres a la playa y de la última vez que estos le habían dicho que la llevarían. De modo que, sin darse cuenta, ya estaba lejos de la orilla y no podía regresar. De pronto una señora gritó:

—¡Se ahoga, se ahoga!

—¿Dónde está Isabella? —preguntó la señora Evelyn.

—¡Es Isabella, Dios mío! ¡Alguien que la ayude, por favor, es mi nieta! —gritó el abuelo mientras corría hacia el agua.

Dos señores, al escuchar los gritos, no lo pensaron dos veces, se lanzaron en el agua y nadaron hasta donde se encontraba Isabella, ya inconsciente. La sacaron y le dieron los primeros auxilios mientras llegaban los paramédicos. Por suerte, los señores pudieron hacer que reaccionara. El lugar se había llenado de curiosos y los paramédicos llegaron y revisaron a Isabella. Pero informaron a los abuelos que no era necesario que la llevaran a una clínica, en vista de que ya estaba bien.

—Isabella, mi amor, gracias a Dios que estás bien, por qué te fuiste tan lejos.

—No me di cuenta, abuela. Solo pensaba en mamá y papá y cuando reaccioné ya no podía regresar a la orilla.

—Bueno, vámonos para la casa, que estoy bastante nerviosa.

Al retirarse los abuelos con Isabella, una señora le preguntó a otra si Isabella era la niña por cuya custodia estaban luchando unos padrinos, ya que tenía bastante parecido y que también se llamaba Isabella. Sin embargo, la señora le comunicó que no creía que fuera la misma niña. Mientras el señor Henry conducía hacia la casa, Isabella observó que su abuela no pudo contener sus emociones y rompió en llanto. De inmediato la niña le preguntó por qué estaba llorando. Retirando de prisa las lágrimas de su rostro, la señora Wilson le indicó que no era nada, que solo había sido el susto de verla tendida en la arena. Para aliviar la tensión, le anunció que cuando llegaran a la casa, los tres mirarían lo que ella quisiera en la televisión y que comerían palomitas de maíz. Al instante la niña respondió que estaba bien, y le pidió a la abuela que dejara de llorar.

La verdad era que la señora Evelyn estaba llorando a causa de que había pensado por un momento que su nieta moriría al igual que sus padres. Estando ya más tranquilos y compartiendo con su nieta, llegó Isaac por Isabella, ya que al día siguiente tendría que asistir a la escuela. Evelyn le contó todo lo que había sucedido en la playa, y le explicó que se sentía mal por todo. Isaac le indicó que no se preocupara, ni que, mucho menos, se atormentara, pues los niños solían ser bastante rápidos. Podrías estar mirándolos y mirándolos y cuando menos te lo esperas, desaparecían de sus vistas, pero lo importante era que estaba bien.

Evelyn, consternada, le aseguraba a Isaac que en todo momento ella y su esposo la estaban mirando y que no sabía lo que habría hecho si algo le hubiera pasado. Isaac mirándola a los ojos le respondió que no se martirizara más; Isabella estaba en perfectas condiciones. Lo único que le pedía era que no comentara lo sucedido con nadie, ya que podría traerles problemas. Isabella se despidió de sus abuelos y se marchó con su tío.

Cuando iban de regreso a la casa, Isaac le indicó a Isabella que no platicara nada de lo que había pasado en la playa, en vista de que si Sophia oía algo, seguro llegaría a la prensa.

Más tarde, Isaac llamó a Sarah para comunicarle lo que le había sucedido a la niña. Fue tanta la impresión que se mareó. Erick cogió el teléfono y habló con Isaac, quien le informó que Isabella estaba bien, que solo había sido un susto y que lamentaba que Sarah se hubiese sentido mal, pero consideraba necesario que supieran lo que había acontecido.

Días después, la señora Caroline llamó a su abogado para hacerle una pregunta que la tenía muy inquieta. Quería saber lo que pasaría con el dinero del seguro que Tyson le había dejado a su hija. Sin más, el licenciado le explicó que, como la niña era menor, no podría cobrar la indemnización del seguro de vida del que era beneficiaria y que, en su lugar, el dinero lo cobraría la persona que quedara como su tutor legal. De inmediato la señora Caroline sacó sus propias conclusiones. Le dijo que ahora entendía todo, sabía la razón por la cual Erick y Sarah querían la custodia de Isabella. Ellos conocían desde el principio que Tyson le había dejado ese dinero a su hija y si estaban luchando por su custodia era para quedarse con él. «Que mentalidad tiene la señora Caroline», pensó el licenciado. Sin embargo, le respondió que no se preocupara, que ella era la abuela, su familia y concluyó:

—En esos casos el juez casi siempre le da la custodia a un familiar, puesto que piensa que es mejor para el interés del menor. No tiene por qué preocuparse, sus probabilidades son mayores que las de ellos. Además, con la profesión que ambos tienen es muy difícil que le otorguen la custodia.

Semanas después, la diseñadora contactó a los esposos Miller para informarles que el consultorio médico estaba terminado. Sarah, al escuchar lo que la joven señora le anunció a Erick, se puso melancólica, y mencionó que no quería ir a ese lugar, ya que ese proyecto era de los cuatro y ahora sus amigos no estaban. Sarah se preguntaba por qué tenían que morir; por qué tenía que suceder aquel accidente que le había arrebatado a sus amigos. Empezó a llorar desconsolada y Erick le pidió que no llorara más, ya que podría hacerle daño al bebé. Le propuso que buscaran ayuda profesional para lidiar con el problema de la muerte de sus amigos. Sarah aceptó debido a que cada vez que le venían recuerdos de Emma, se deprimía demasiado hasta el punto de que a veces sentía no poder más. Lo único que le daba fuerzas para seguir adelante eran Isabella y su hijo. Erick, bromeando, le preguntó: «¿Y yo qué? ¿Yo no te doy fuerza?», y le sacó una sonrisa. Sarah le respondió que por supuesto, que él también le daba fuerzas y era su pilar.

La diseñadora fue para el hospital a entregarle la llave del consultorio a Erick. Sarah se la encontró en la oficina, salió muy triste de allí directo a su casa y se durmió llorando mientras Bianca cuidaba del bebé. Al despertar, se percató de que Erick no estaba en la casa. Trató de localizarlo, pero no contestaba su celular. Preocupada, llamó a su cuñado Leo.

—Hola, Leo, habla Sarah, ¿Erick está contigo?

—No, ¿qué sucede?

—Mira la hora que es y no está en casa. Lo llamé, pero no contesta.

—¿Discutieron o algo?

—No. Hoy la diseñadora le entregó la llave del consultorio médico; es probable que esté allí.

—Ok, voy saliendo para allá; en cuanto sepa algo te lo haré saber.

—Gracias, Leo.

Cuando llegó al consultorio, de inmediato Leo se dio cuenta de que Erick se hallaba allí, dado que su auto estaba estacionado afuera. Enseguida se lo comunicó a Sarah, indicándole que no se preocupara. Erick se encontraba en la oficina que hubiera ocupado su amigo Tyson. Permanecía sentado en un escritorio en muy mal estado. Leo le preguntó por qué estaba en esas horas de la madrugada en el consultorio y le informó que Sarah estaba preocupada. Erick le pidió disculpas y le aclaró que no era su intención. Leo le indicó que lo llevaría a su casa, pues no iba a permitir que condujera en ese estado, pero Erick le pidió que se retirara;

él se quedaría un rato más y luego se iría. Sin embargo, Leo no se fue; le dijo que si él se quedaba, él también aguardaría, porque no se marcharía de allí sin él.

Erick le confesó a su hermano que extrañaba mucho a Tyson y a Emma y que trataba de ser fuerte por su familia, pero que a veces sentía como si fuera ayer que se hubieran ido sus amigos. Le venían muchos recuerdos a su mente que le impedían ser el mismo. No podía imaginarse cómo le dolía que no estuvieran aquí para ver el resultado de sus esfuerzos, el resultado de lo que un día habían planeado juntos. Ahora sentía como si hubieran dormido por meses y no pudieran despertar jamás. Leo le recomendó que no se agobiara más, que pronto él y su esposa se sentirían mejor como resultado de la terapia que estaban recibiendo. Pero Erick estaba tan dolido y desesperado que empezó a tirar y a romper todo. Su hermano se vio obligado a sostenerlo con fuerza para tratar de calmarlo manifestándole que todo iba a estar bien. Erick le replicó, dándole un empujón, y diciendo que nada estaría bien. Él no sabía cuánto habían trabajado ellos para tener su propio consultorio; habían invertido horas tras horas de sus vidas tratando de hacer sus sueños realidad para al final no llegar a nada. Todo había sido en vano, pues ahora no estaban.

Comentó que ni siquiera había podido hacer cumplir la última voluntad de Emma de hacerse cargo de Isabella tras su muerte. Ni siquiera eso había podido cumplir. La niña estaba sufriendo mucho por no poder vivir con ellos y, encima de todo, la esposa de Isaac la estaba maltratando y aun así él no podía hacer nada.

—¿Cómo así?, ¿qué estás diciendo? —preguntó Leo.

Erick le contó que Sophia la obligaba a hacer las labores de la casa cuando Isaac no estaba y también que, cuando este se iba de viaje, la sacaba del cuarto que compartía con su prima. Mientras tanto él dormía en una cama sin poder hacer nada para proteger a la niña. Leo preguntó qué había hecho al respecto Isaac. Erick respondió que había hablado con Sophia, pero él temía que seguía maltratándola, ya que Isaac tenía un carácter débil y ella lo manejaba a su antojo. Su hermano le aconsejó que la denunciara y prometió que, de ser necesario, él lo acompañaría, porque si Isaac no tenía los pantalones bien puestos para situarla en su lugar, alguien lo tenía que hacer, ya que era una injusticia lo que Sophia le estaba haciéndole a la pobre niña indefensa.

—Me siento muy mal. Tyson debe de estar avergonzado de haber sido mi amigo un día.

—Tú no tienes la culpa de lo que le está sucediendo a Isabella y tampoco eres un mal amigo —precisó Leo, frunciendo el ceño—. Ustedes están luchando por ella y el juez tiene que darse cuenta del gran amor que le profesan, solo deben tener un poco más de paciencia y de fe, mi hermano.

—Ya no sé ni qué significa esa palabra.

—Vámonos a casa y confiemos en que muy pronto toda esta pesadilla terminará.

Al llegar a casa, Sarah le dio un camisón para que se pusiera y los dos se acostaron sin decirse ni una sola palabra, ya que Sarah sabía con exactitud por lo que su esposo estaba pasando. Tenía los ojos tan rojos e hinchados de tanto llorar, por eso ella no había ido; ella sabía lo doloroso que sería estar allí. Al siguiente día publicaron unas fotos de Erick en la primera plana de un diario, en las que aparecía saliendo junto a su hermano Leo del consultorio médico del que también eran socios sus amigos.

Una semana después, Erick regresó al bar que frecuentaba con Tyson. Poco más tarde, entró su vieja amiga Nathalie junto a su ahora esposo. Nathalie, desconcertada, le dijo a su esposo que el señor que estaba en la barra era su amigo, que iría a saludarlo y regresaría enseguida. Cuando fue a saludar a Erick y a expresarle que lamentaba la pérdida de su amigo, él fue bastante grosero con ella. Le exigió que se alejara de él, ya que la última vez que la había visto lo había metido en problemas con su esposa. Nathalie no le puso atención a nada de lo que estaba diciendo, debido a que lo único que le preocupaba era el estado en que él se encontraba. Lo miró fijamente y le agarró el hombro, le dijo que estaba bebiendo demasiado y le advirtió que los problemas no se resolvían de esa manera. Esto puso a Erick más furioso y provocó que fuera aún más grosero con ella. Le recalcó que ese era su problema y si quería seguir emborrachándose no era asunto de ella. Finalmente, le gritó que se largara de su lado y lo dejara en paz.

Nathalie regresó junto a su esposo y le explicó que a su amigo le estaba pasando algo muy grave, pero muy grave, pues él no era un hombre que fuera grosero con los demás, ni siquiera con un animal. Siempre era muy amable y cariñoso con todos.

Una hora más tarde retornó, y le dijo al *bartender* que Erick era su amigo y que no le diera más licor, puesto que estaba muy borracho. Luego regresó donde su esposo y le indicó que tenían que ayudarlo. Su mejor amigo había fallecido junto a su esposa en un accidente automovilístico, y si los reporteros llegaban a verlo y le tomaban fotografías en las circunstancias en la que se mostraba, podría perder la posibilidad de que le otorgaran la custodia de la hija de su amigo. El esposo de Nathalie le preguntó si no era el hombre del caso que estaba en todos los medios, en el que un matrimonio peleaba por la custodia de una niña llamada Isabella. Nathalie le respondió que sí y regresó donde Erick, le quitó su celular y llamó a su esposa, Sarah.

—Buenas noches, Sarah, habla Nathalie.

—¿Qué quieres, por qué me estás llamando, no deseo hablar contigo?

—Escúchame y no cuelgues el teléfono, se trata de Erick.

—¿Qué le pasó a mi esposo?, ¿dónde está?

—Sé que en el pasado no fui una buena persona y te pido disculpas, pero ahora solo quiero ayudarte.

—¿Ayudarme en qué o para qué?

Nathalie le informó a Sarah que Erick estaba en el bar al que siempre asistía con el amigo que había fallecido. Estaba muy embriagado y afuera había varios reporteros que lo asechaban, y que si llegaban a verlo como estaba seguramente su imagen amanecería en la primera plana de todos los diarios, con lo que se arriesgaba a perder la oportunidad de que el juez les diese la custodia de su ahijada. Nathalie agregó que su esposo y ella lo sacarían por la parte de atrás del bar y lo llevarían a su casa a donde podría venir por él temprano en la mañana. Finalmente le dictó la dirección.

Al día siguiente, cuando fue a buscarlo a la residencia de Nathalie, Sarah le preguntó a Erick bastante enojada qué era lo que le estaba pasando, cómo podía ir a ese bar a tomar hasta quedar borracho sabiendo que los periodistas estaban atentos a todos sus movimientos. Erick, avergonzado, le pidió perdón a su esposa y le prometió que no volvería a pasar. Sarah le dio las gracias a Nathalie y a su marido por tan grandioso gesto y se retiró avergonzada.

Varios días después, Erick y Sarah prosiguieron con la ayuda profesional a la que estaban sometidos. Esta vez, sin embargo, debían asistir tres veces a la semana y no una, para así adelantar el proceso que todavía enfrentaban por la muerte de sus amigos. A pesar de que ya habían pasado algunos meses, el problema todavía estaba allí. Buscar ayuda fue lo mejor que pudieron haber hecho, ya que la situación fue mejorando para ellos hasta un punto en que estaba presente el dolor, pero ya no con tanta frecuencia.

Un día después, Erick fue junto a su familia a pasar el día con sus padres. Al terminar de almorzar, Leo se puso a jugar con Isabella corriendo por toda la casa. Cansada y agotada, la niña se acercó a la señora Zoey, que se encontraba en la sala reunida con el resto de la familia, y le dijo:

—¿Abuela, puede darme un poco de agua por favor?

—¡Claro que sí, mi amor! —respondió la señora Zoey, asombrada por la forma en que Isabella se había dirigido hacia ella.

La señora Zoey miró a Erick y a Sarah con brillo en los ojos y Erick le dijo que esa era la razón por la cual quería tanto a Isabella: tenía el corazón lleno de amor para todos.

Leo se paró del sillón y le preguntó a la niña si ya se había rendido, Isabella contestó que no y entonces Leo la desafió a que lo alcanzara si podía. Erick y Sarah se sintieron felices por la aceptación de Isabella en su familia. No podrían haber tenido un mejor día.

CAPÍTULO 9

Leo en problemas

Fue un día como cualquier otro. Leo llegó al trabajo, donde todo transcurría con bastante normalidad. Les comentó a sus amigos que las piernas le dolían, puesto que el día anterior se la había pasado la mayor parte de la tarde con su sobrina, corriendo por toda la casa sin parar. Y de un momento a otro, se escuchó un fuerte estruendo que venía de la oficina de abajo. Todos los trabajadores, asustados, salieron corriendo. Leo y sus amigos se dirigieron a la oficina donde había ocurrido la detonación y cuando ya se retiraban del lugar se escuchó la voz de una mujer que pedía por ayuda. Leo se ofreció a auxiliarla, pero todo el local estaba ardiendo en llamas, así que sus amigos le dijeron que no entrara, que las camisas rojas ya estaban por llegar. Sin embargo, Leo no escuchó las súplicas de sus amigos, se introdujo en el despacho y sacó a la señora. En ese instante perdió el conocimiento, puesto que tenía quemaduras en el rostro. Llegaron los paramédicos y se lo llevaron al hospital junto a otras tres personas que estaban apenas lesionadas. Al despertar, Leo, bastante dolorido, empezó a preguntar:

—¿Dónde estoy?

—Estás en el hospital, mi amor, tuviste un accidente en el trabajo —le dijo la señora Zoey tocándose el cuello.

—¡Mamá, Papá! ¡No veo, no veo!

—¿Qué estás diciendo, Leo?

—¡No veo nada, mamá!

—¿Qué está pasando, doctor?

—Salgan todos para que lo revise.

Al terminar de revisar a Leo, el doctor le comunicó a la familia que sentía mucho tener que informarles que Leo tenía lesiones en las córneas provocadas por las quemaduras que había recibido en el rostro, lo que había causado que perdiera la visión. La señora Zoey, desesperada, le preguntó al doctor qué era lo que tenían que hacer, pero el médico le explicó que lamentablemente no mucho, solo quedaba esperar a que apareciera un donador.

El señor Miller le reprochó al médico que pretendiera que se limitaran a esperar un donador. Este le respondió por segunda vez que lo único que se podía hacer en esos casos era esperar, en vista de que solo con un trasplante de córneas Leo recuperaría la visión. Luego informó que en unos días podría irse, dado que no había más que ellos pudieran hacer.

Erick y Sarah hablaron con el oftalmólogo y le preguntaron durante cuánto tiempo Leo tendría que esperar para un trasplante. Él les explicó que no podría darle una fecha exacta ya que había muchas personas en la lista de espera. Con suerte, podrían pasar entre tres y cuatro años. Los familiares de Leo estaban destrozados, en especial Erick que, a pesar de ser el hermano menor, siempre actuaba como si fuera el mayor, protegiendo y cuidando a su hermano desde niños. Ahora se sentía impotente por no poder hacer nada para ayudarlo.

Leo pidió hablar con el doctor. Le exigió que fuera sincero con él, porque tenía todo el derecho de saber lo que estaba sucediendo.

—¿Cuáles son las posibilidades de que vuelva a ver? —le preguntó.

—Las probabilidades de que retorne tú vista están entre el noventa y el noventa y nueve por ciento, siempre y cuando encontremos un donador. De no ser así, tendremos que esperar y eso llevaría mucho tiempo. Aunque, si alguien donara sus córneas especialmente para ti, sería en cuestión de días para que recuperaras la vista.

Leo le manifestó a su familia que quería estar solo. Su madre les propuso a todos que se fueran, que ella se quedaría con él. Esto hizo que su hijo fuera bastante descortés con ella, al gritarle si no entendía el significado de la palabra solo. Enseguida su padre tuvo que intervenir para aclarar que esas no eran formas de hablarle a su madre; ella simplemente estaba preocupada por lo que estaba pasando. Pero él continuaba alterado, y todos tuvieron que retirarse del cuarto para que así pudiera tranquilizarse.

Al enterarse del accidente, el señor Luke, padre biológico de Leo, fue al hospital. Entró a la habitación y Leo preguntó de inmediato quién estaba allí. El señor Luke le respondió que era él. Entonces Leo gritó preguntándole qué era lo que hacía allí y qué pensaba que se había marchado años atrás. El señor Luke le contó que había conseguido un trabajo de mesero en un restaurante cerca de donde él trabajaba y había decidido quedarse para así poderlo contemplar aunque fuera de lejos. Leo, sin entender bien lo que el señor Luke quería decir, le preguntó a qué se refería cuando había dicho «contemplar de lejos». El señor Luke le explicó que todas las mañanas, antes de ir para su trabajo, se escondía para poderlo ver y que cuando llegaba se retiraba. Leo, al escuchar lo que su padre biológico le había dicho, le gritó que se largara y no regresara más; pero el señor Luke le pidió que no lo corriera, que estaba sufriendo mucho por lo que le estaba ocurriendo. Sin embargo, Leo insistió en que se fuera y el señor Luke le dijo que se retiraría, pero que regresaría pronto.

El señor Luke, al salir del cuarto se acercó a una de las enfermeras y le preguntó qué le había pasado al paciente de la habitación ochenta y cuatro, pues mientras él había estado en la habitación no se había volteado para que lo viera.

La enfermera le dijo que había perdido la visión en un accidente en el que se había quemado sus ojos y sus córneas se habían dañado por completo. La única manera de que recuperara la vista era por medio de un trasplante de córneas. El señor Luke se retiró muy desalentado. Pero, tal como había dicho, al día siguiente regresó con la esperanza de que su hijo cambiara su forma de pensar y de tratarlo, sin embargo, una vez más estaba equivocado. Leo no lo quería escuchar ni mucho menos que hubiera nada que lo relacionara con él. Tenía el corazón más duro que una piedra y era cada día más arrogante con él. El sueño del señor Luke era que algún día su hijo lo perdonara y lo aceptara como tal, pero notaba que su rechazo se hacía cada vez más fuerte.

Estando sus padres en el centro hospitalario, Leo les comunicó que el señor Luke seguía presentándose todos los días en el hospital, y que él no aceptaba por ninguna razón que ese hombre estuviera allí. Horas después, Erick y Sarah fueron a la habitación para saber cómo seguía. Leo, muy grosero, le manifestó a su hermano que si no podía ver cómo estaba. ¿Acaso no era obvio que estaba ciego? Sin embargo, Erick se mostró optimista y le dijo que irían a salir de esa como siempre habían salido de todas. Leo le respondió con ironía en un tono sarcástico y antipático:

—Sí, saldré de esta, pero en veinte años, cuando me toque el turno.

Erick le dijo que a todos les dolía, y mucho, por lo que estaba pasando, pero con su indiferencia estaba lastimando a las personas que lo querían, y, en especial, se lastimaba a sí mismo. Tratando de interrumpirlo, Leo le replicó a Erick que él conservaba sus dos ojos, mientras que él, por su parte, no sabía si algún día volvería a ver. Erick le gritó diciéndole que se callara la boca, puesto que todo lo que salía de allí eran puras mentiras acompañadas de dolor y resentimiento, y que, por lo tanto, ignoraría esas palabras que para él no tenían significado alguno. Seguidamente, le indicó que si él hubiera podido darle sus córneas, ya se las habría dado desde hacía tiempo, y le aclaró que nadie tenía la culpa de su padecimiento para que fuera tan grosero e insolente con todos. Por último, le comunicó que al día siguiente le darían el alta, agarró a su esposa y partió de la habitación con todo el dolor de su corazón, pues el comportamiento de Leo era totalmente incorrecto. Todos comprendían que estuviera disgustado, pero su conducta era intolerante.

Al día siguiente, el señor Luke regresó al hospital y se encontró con que su hijo no estaba en su habitación. Erick, caminando por el pasillo, observó a una persona saliendo del cuarto donde se encontraba su hermano. De forma muy cordial y amable se acercó a él y le preguntó si podía ayudarlo en algo. El señor Luke le explicó que estaba buscando al paciente que se encontraba en aquella habitación. Erick, cruzando los brazos, le informó que había dejado el hospital hacía algunas horas. Luego, con una voz muy suave, aunque de una forma muy directa, le preguntó al señor si su nombre era Luke Reed. Poniendo las manos en su bolsillo, el señor le preguntó si lo conocía. De inmediato Erick le respondió que no, pero que creía saber quién era; y enseguida le reveló que él era el hermano de Leo. El señor Reed, de un modo muy gentil, se presentó y le indicó que se retiraría, pues estaba retardado para el trabajo. Erick se despidió deseándole que tuviera un excelente día, y el señor Luke le deseó, a su vez, que su día fuera igual, y se fue, diciéndole que era muy amable.

Erick no dejaba de impactar a todo el que se le acercaba; siempre tan amable, tan cordial y tan educado. Dondequiera que fuese siempre era reconocido por su impecable forma de ser y de tratar a todos. Era la razón por la cual todos lo querían, en especial, sus pacientes y, ni mencionar, su esposa. Al llegar a casa de sus padres, Erick habló con ellos y les contó que el padre de Leo había ido a buscarlo en la mañana al hospital y parecía muy arrepentido.

—Se le notaba la tristeza en la mirada.

—Sí, puede que esté arrepentido. Sin embargo, es a Leo quién le toca perdonarlo —dijo la señora Miller con un tono de tristeza en la voz.

—No creo que eso vaya a pasar ahora mismo. Fue por esa razón que tu madre y yo decidimos no decirle nada sobre su verdadero padre —dijo el señor Miller, sentándose y dejando caer sus brazos con un poco de preocupación.

—Ahora mismo él está dolido y quiere encerrarse en un mundo que no existe, voy a verlo.

—¡Hola, hermano! ¿Cómo estás? —saludó Erick al entrar en la habitación.

—¿Cómo crees que estoy? —respondió Leo.

—Me retiro, espero que pronto cambies de actitud —dijo Erick—. Por cierto, esta mañana tu papá fue a buscarte al hospital.

—¡Ese señor no es mi papá!

—Creo que está sinceramente arrepentido. ¿Por qué no le das una oportunidad para que se acerque a ti?

—¡Nunca!

—Hasta pronto —dijo Erick y salió.

Pasaban los días y Leo seguía con su indiferencia, sus groserías y su malhumor. La señora a quién le había salvado la vida fue a visitarlo. Los señores Miller le explicaron que no era el momento para hablar con él, debido a que podría ser grosero con ella y hasta llegar a faltarle al respeto, así que acordaron que ellos le avisarían en qué momento podría regresar, porque no la iban a exponer a pasar un mal rato.

Un día la novia de Leo fue a visitarlo y él le anunció que ya no eran novios y que ella estaba libre para hacer su vida con quien le pareciera. Ella también fue clara y le advirtió que no se separaría de él, dijera lo que dijera, puesto que estaban juntos en ese problema.

Mientras tanto, el padre biológico de Leo seguía yendo todos los días al hospital a preguntarle a Erick por su hijo.

En los meses que siguieron, Leo fue adaptándose a su nueva vida, su estado de ánimo fue cambiando para bien y, poco a poco, cada vez fue sintiéndose mejor, incluso salía algunas que otras veces con su novia a caminar. Un día, Erick lo llevó al restaurante donde trabajaba su padre, puesto que, de tanto interactuar con el señor Reed, había llegado a tenerle algo de cariño, en lugar de lástima. Al verlos, el señor se emocionó tanto que no sabía qué hacer. Todo su ser estremecía de felicidad y gratitud.

Después de calmarse un poco, el padre de Leo se acercó a la mesa, saludando con mucho respeto. Enseguida Leo reconoció la voz de su padre, frunció el ceño, le preguntó qué era lo que hacía allí y se preguntó a sí mismo por qué el destino tenía que ensañarse con él de esa manera. Encima de que no tenía la dicha de contemplar todo lo que lo rodeaba, tenía que encontrarse a su padre en todas partes.

—Trabajo aquí —respondió el señor Reed, temeroso, mientras observaba a su hijo con amor.

—Tú sabías que ese señor trabajaba aquí, le preguntó Leo con cara de desdén a Erick.

—Sí, claro que sabía que tú padre trabajaba aquí. Yo te traje justo para que pudiera verte porque pienso que toda persona se merece una segunda oportunidad y, además, desde que saliste del hospital no ha habido ningún día que no haya ido a preguntar por ti.

Leo agarró su bastón blanco, se levantó rápidamente de la mesa, y le preguntó a su hermano si se podían retirar.

—Sí, por supuesto; solo espero que nunca necesites del perdón de alguien algún día y que no te lo den, porque así sentirás en carne propia lo que se sufre.

Erick le señaló que lo que el señor Luke les había hecho era una calamidad que los había afectado; pero eso era pasado, su madre ya lo había perdonado, quién era él para no hacerlo. Seguidamente, se retiraron; pero una semana después Leo le pidió a Erick que lo llevara de nuevo para el restaurante.

—¿Buenas tardes, van a ordenar? —preguntó el señor Reed.

—Buenas, señor Reed —saludó Leo mientras abría y cerraba su bastón blanco—. ¿Desde cuándo trabaja aquí?

—Hace tres años.

—¿Dónde vive usted?

—Rento un apartamento a tres cuadras de aquí.

—Me gustaría conocer su apartamento un día.

—¡¿No está jugando conmigo, verdad?!

—Un día que esté libre viene a la casa por mí y me lleva.

—¡Claro que sí, claro que sí! ¡El domingo estoy libre!

—Entonces lo espero el domingo.

—Ahora vamos a ordenar, que tengo mucha hambre.

El señor Reed miró a Erick con una sonrisa, juntando las palmas de sus manos y diciéndole gracias. Erick respondió también con una sonrisa. Era un día que el padre de Leo había esperado por tantos años. Al retirarse miró hacia el cielo dándole gracias a Dios por haber escuchado sus súplicas. Por primera vez se le veía sonriendo, estaba muy contento.

Llegó el domingo y el señor Reed se presentó en la casa de Leo para recogerlo y llevarlo a su apartamento. Fue un día muy especial para los dos. Su padre le describió detalle por detalle cómo estaba decorado el apartamento. Luego comieron y conversaron por horas.

La relación entre padre e hijo fue creciendo como espuma mientras transcurrían las semanas. Cada vez que su padre estaba libre, lo buscaba para que compartieran. Ya habían pasado dos meses y a cada instante, Leo sentía quererlo más y más.

—¿Quieres comer?

—¡Sí, papá!

—¡¿Cómo me llamaste?!

—¡Papá! ¿Qué, no eres mi papá?

—No sabes cuántos años esperé para escuchar esa palabra. Me haces tan feliz, hijo.

—Te quiero mucho, papá, has ganado mi cariño poco a poco.

Se pararon y se abrazaron con mucha fuerza mientras se enjugaban las lágrimas, que esta vez eran de pura felicidad. Durante la cena, conversaron y se rieron a carcajadas. Sabían que se querían mucho, para Leo cada vez era más agradable la compañía de su padre.

Un día, al salir del trabajo, mientras cruzaba la calle el padre de Leo fue atropellado por un auto que se dio a la fuga. De inmediato fue trasladado al hospital en serias condiciones.

Una de las enfermeras fue corriendo al consultorio de Erick para avisarle que el señor que venía todos los días a buscarlo había sido atropellado. Erick, frunciendo el ceño y escrutándola con la mirada, le preguntó a la enfermera de quién estaba hablando, aunque muy dentro de sí sabía a quién se refería la señorita y esperaba que no fuera él.

—¿El señor Luke? —preguntó Erick.

—Sí, su nombre es Luke Reed —le respondió la enfermera.

Erick llamó a sus padres de inmediato para informarles lo que había sucedido, salieron enseguida hacia el hospital y Erick y la enfermera se fueron al cuarto donde se encontraba el padre de Leo. El doctor le indicó que el paciente tenía traumatismo de cráneo, cara y columna vertebral. Mientras Erick oía al doctor, el señor Reed le pidió que se acercara. Erick le recomendó que no se esforzara, que Leo ya estaba en camino. El señor Luke le respondió que ya no tenía tiempo y agregó que él era un ser humano maravilloso e increíble; pues, gracias a su intervención, había podido recuperar a su hijo. Le pidió que, por favor, nunca cambiara y que le comunicara a su hijo que lo amaba con todas las fuerzas de su ser. Estaba muy agradecido con él y con la vida por todos los momentos extraordinarios que habían pasados juntos. Erick le repetía una y otra vez que se callara, pero el señor Reed pidió hablar con el doctor.

—¿Doctor? —musitó el padre de Leo, con tristeza y dolor—. Doctor.

—Aquí estoy.

—Escúcheme bien lo que le voy a pedir. Implántele mis córneas a mi hijo para que más nunca esté en la oscuridad —murmuró ya casi sin fuerzas—. ¿Me escuchó, doctor?

—Sí, lo escuché, así será.

El padre de Leo cerró los ojos con lentitud mientras miraba a Erick, que lo tenía agarrado de su mano, y falleció sin que su hijo pudiera despedirse de él. Al llegar al hospital, Leo le pidió a su hermano que lo llevara con su padre; musitando con tristeza, preguntaba cómo había sido atropellado. Erick con mucha angustia le expresó que lo sentía mucho, pero que su padre no había resistido el impacto y había fallecido hacía algunos minutos. Leo, a pesar de no poder ver, abrió los ojos al escuchar la terrible noticia y empezó a llorar como un bebé mientras su hermano le daba el apoyo necesario.

—Ahora que todo estaba yendo tan bien entre nosotros y que ya lo había aceptado todo, sucede esto —se lamentó Leo enjugándose las lágrimas—. ¿Dónde está? Quiero estar con él.

—Te llevaré, pero antes escucha al doctor.

—Siento mucho su perdida. Con el impacto que recibió nadie sobreviviría.

—¿Por qué se murió, Erick? —interrumpió Leo.

—El señor Reed, antes de fallecer, dio órdenes precisas de trasplantarle sus córneas a su hijo —continuó el doctor.

—¿Eso hizo el padre de Leo? —preguntó su madre muy asombrada.

—Voy a arreglar todo para el trasplante. Como usted sabe, doctor Miller, el trasplante tiene que hacerse dentro de las doce horas de la muerte del paciente.

Leo entró al quirófano y la operación culminó en una hora. Todo salió perfecto, solo debían esperarse unos días para quitarle las vendas de los ojos. Cuando llegó el momento de saber si las córneas de su padre habían funcionado en sus ojos, todos estaban en el cuarto muy nerviosos e impacientes por saber los resultados. El doctor terminó de quitarle la venda y Leo empezó a mirar en todas direcciones. Se paró de la cama, se dirigió hacia donde estaba su hermano Erick y lo abrazó llorando. Todos en ese instante sabían que podía ver gracias a las córneas de su padre.

—¡Los ojos de mi papá! Erick.

—Sí, hermano, los ojos de tu padre. Él fue un gran hombre. Cometió errores como todos los cometemos; pero lo importante fue que se dio cuenta, se arrepintió y empezó de nuevo.

Leo estrechó a todos dándoles las gracias por haberlo soportado siempre y dijo:

—¡Gracias, papá! ¡Ahora veo por tus ojos!

CAPÍTULO 10

La luz al final del túnel

Días después del fallecimiento del padre de Leo, el señor Luke Reed, las autoridades le avisaron a la familia Miller que la persona responsable del atropello había sido capturada y pasaría muchos años tras las rejas.

La señora Caroline y su esposo Lucas estaban en el jardín tomando el sol del atardecer. La señora Caroline le preguntó a su esposo si deseaba algo para beber, ya que hacía un poco de calor. El esposo respondió que sí. Caroline fue por la bebida y el señor Lucas abrió la puerta del jardín y se dirigió a la calle caminando. Cuando regresó la señora Caroline, se dio cuenta de que la puerta del jardín estaba abierta; salió de prisa hacia la calle en busca de su esposo, pero no lo encontró por ningún lado. Entonces, regresó a la casa, llamó a la policía e hizo la alerta para buscar al señor Lucas. Pasadas ya ocho horas y dado que las autoridades no sabían nada del paradero del señor Anderson, la señora Caroline, desesperada, llamó a su hijo Isaac. Este quedó anonadado, asustado y preocupado por lo que había sucedido. Su padre estaba enfermo y necesitaba de un cuidado especial, es decir, tenían que estar más atentos porque podía olvidarse de las cosas de un momento a otro. Isaac le informó a su madre que si no aparecía al día siguiente viajaría el fin de semana.

Al día siguiente, la policía llamó a la señora Caroline para informarle que habían encontrado a su esposo dormido en un edificio abandonado y que no recordaba su nombre ni su dirección. Al traer los guardias al señor Lucas, uno de ellos le recomendó a su esposa que tratara de ponerle un poco más de cuidado y le dijo que, si no estaba en capacidad de atenderlo, había muchos centros que se encargaban a tiempo completo de personas con la misma enfermedad. Después de retirarse los agentes, la señora Caroline bañó y dio de comer a su esposo. Luego telefoneó a su hijo para comunicarle que ya habían encontrado a su padre y que estaba bien.

—¡Hijo! El agente me estuvo explicando que hay lugares especiales que se encargan de personas con alzhéimer —le informó a Isaac la señora Caroline, bastante preocupada—, y que si queríamos, podíamos averiguar un poco para saber más a fondo sobre cómo funcionan esas instituciones.

—No me gusta la idea de que mi padre esté solo en ese lugar, pero lo pensaré. Por ahora, mantén la puerta del jardín cerrada.

—Ok, hijo, hasta pronto.

El día de la audiencia se aproximaba y Sarah fue al cementerio para visitar a su amiga, que ya tenía quince meses de haber partido. Mientras tanto Erick y Bianca se quedaron en casa con el pequeño Jason. Sarah estaba un poco decaída, pero nada fuera de lo común. Los tratamientos con la psicóloga los estaban ayudando favorablemente. Ella le decía a su amiga que la extrañaba y que parecía mentira que ya no estuvieran juntas. Además, le comentó que seguía luchando por Isabella. Era posible que en dos meses pudiera estar con ella para siempre y no descansaría hasta llevarla a vivir a su hogar. Estando allí apareció Isabella junto a su tío Isaac. Al ver a Sarah, Isabella se apresuró hacia ella y le brincó encima. Isaac, una vez más, estaba convencido de que su sobrina no estaría en mejores manos que en las de Sarah.

Mientras estaban allí, Isaac le contó a Sarah lo que le había pasado con su padre.

—Mi padre se extravió hace unas semanas atrás y lo encontraron al día siguiente.

—Que bien que lo encontraron.

—Estamos pensando llevarlo a una de esas instituciones para personas con alzhéimer, puesto que no queremos correr el riesgo de que se vuelva a escapar de la casa.

—¿Pero por qué no le contratan una enfermera que se encargue de él, así no está lejos de tu madre?

—¿Sabes que no había pensado en eso, Sarah? —dijo Isaac—. Eso es lo que voy a hacer, muchas gracias.

Isaac llamó a su madre y le propuso que contrataran a una enfermera para que se hiciera cargo de su padre; de esa forma, ella también podría tener un poco de espacio para sí misma.

Los maltratos de Isabella parecían no cesar. Un día, tras terminar de hacer las labores de la casa, buscando algo para comer, Isabella se trepó en una silla para subirse a donde estaban los alimentos. Al llegar arriba, se cayó y se lastimó, con lo cual se produjo un chichón en la frente. A Sophia no le interesó que la niña se hubiera lastimado, y se la llevó con los niños al parque, aunque le habían advertido claramente que no lo hiciera bajo ninguna circunstancia. Los reporteros la siguieron hacia el parque. Mientras ella declaraba una cantidad de incoherencias a los periodistas, un desconocido llamó a un lado a Isabella y le dijo que Sarah la había mandado a buscar. Cuando ya se alejaba el individuo con Isabella, uno de los reporteros, vio de lejos que la niña se marchaba del parque con aquel hombre malvado y empezó a gritar: «¡La niña! ¡La niña! ¡Isabella! ¡Isabella!». Al escuchar los gritos del reportero, el hombre soltó la mano de Isabella huyó de prisa por la calle, y horas más tarde fue arrestado por la policía.

Sarah y Erick estaban viendo la televisión, cuando interrumpieron la programación para transmitir un boletín especial de última hora, en el que se presentaba lo que acababa de suceder con Isabella en el parque. Los esposos Miller, furiosos, llegaron a la casa de Isaac. Sarah entró y abrazó muy fuerte a Isabella. Luego de estrechar a la niña, le preguntó furiosa a Isaac si había visto las noticias. Este le respondió que apenas estaba llegando del trabajo.

—Por la irresponsabilidad de tu esposa por poco iban a secuestrar a Isabella —le reprochó a Isaac.

—¿De qué estás hablando, cómo es eso?

—Sophia se llevó los niños al parque. Los reporteros la persiguieron y, mientras ella hablaba cantidades de estupideces, como siempre, un hombre se llevó a la niña.

Isabella le explicó a Sarah, a Erick y a Isaac que aquel individuo le había dicho que Sarah la había mandado a buscar.

Enseguida Sarah se le acercó y le dijo que ella jamás la mandaría a buscar con nadie y que, por favor, nunca más se fuera con ningún desconocido, ya que allá afuera había personas que no eran de buenos sentimientos y que podían lastimarla. Isabella les prometió que no lo volvería a hacer.

Isaac, furioso, le pidió a los niños que se retiraran a sus cuartos y se dirigió a Sophia diciendo:

—¡Qué fue lo que hiciste, Sophia! Te indiqué muy claro que no sacaras a Isabella por ningún motivo. Quisiera saber qué diablos es lo que te está sucediendo. Por qué es tan difícil para ti entender que no debes sacar a la niña de la casa.

Como única respuesta, Sophia, le preguntó con atrevimiento si ahora ella tenía que quedarse veinticuatro siete en la casa por Isabella, y le aclaró con rabia que seguiría saliendo y nadie se lo impediría. Fue en ese momento que Sarah, enojada por su actitud, le propinó dos bofetadas.

Sonó ¡Splash! y se oyó a Sarah gritar:

—¡Esto es por causar que por casi secuestren a Isabella!

Volvió a sonar ¡Splash! y, de nuevo, se oyó la voz furiosa de Sarah diciendo:

—¡Y esto por maltratar a mi niña! Y te prometo que la próxima vez sí te demando por maltrato infantil. Me he contenido varias veces por Isaac, pero no más.

—Esto fue demasiado, controla a tu esposa, que ya estamos cansados de ella —dijo Erick enojado.

Rabioso, Isaac la cogió de los brazos y la estremeció, luego la lanzó hacia el suelo como nunca lo había hecho en su vida.

—¡Estoy cansada de ti! ¡Estás enferma!

—¡Suéltame, suéltame! ¡Me estás lastimando!

—¡Suéltala, Isaac! ¡Suéltala! ¡Te vas a meter en problemas!

Isaac, la lanzo con tanta fuerza, de una forma que nadie se lo hubiera imaginado.

—Y la próxima vez que maltrates o le hagas algo a mi sobrina, te juro que te vas a largar de esta casa. Ya esto es suficiente, Erick —dijo Isaac al quitarse la camisa y dirigiéndose a este último—. Estoy cansado de esta mujer. Si no es una cosa es la otra. Siempre he tratado de ser tolerante y, por ser así, ha creído que soy un estúpido. Sin embargo, si este es el Isaac que ella quiere, este es el que tendrá.

Erick levantó del suelo a Sophia, quien se retiró al cuarto cojeando muy dolida. Apenas podía caminar por la sacudida y el lanzamiento que Isaac le había propinado. Los presentes estaban sorprendidos de la reacción de Isaac, jamás hubieran pensado que él hiciera algo de tal magnitud. Sophia recibió lo que nunca pensó recibir. Isaac, cansado de la falta de comprensión ante el problema que estaban atravesando, le pidió el divorcio a Sophia. Ella rompió en llanto y le pidió perdón una vez más prometiéndole que cambiaría y que si no podía, buscaría ayuda profesional. Esa misma noche entró al cuarto de las niñas y habló con Isabella a quien le suplicó que la perdonara por todo lo que le había hecho.

Al pasar los días Sophia mostraba sincero arrepentimiento, sin embargo, no terminaba de convencer a Isaac. Una mañana, Isaac estaba esperando a los niños afuera en su auto para llevarlos a la escuela. Sophia permanecía parada en la puerta para despedirse de ellos. La primera en salir fue

Isabella, seguida de Cyntia y Dylan. Ya cerca del auto, de repente Isabella regresó a donde estaba Sophia y le dio un beso y un abrazo, y se devolvió nuevamente hacia el auto. A Sophia le corrieron las lágrimas por su rostro.

Erick y Sarah fueron invitados a una entrevista exclusiva para el programa de televisión *La verdad en CNP*.

—Gracias por aceptar esta invitación. Bienvenidos, amigos y televidentes, tenemos esta noche aquí con nosotros a los esposos Miller, Erick y Sarah.

—Buenas noches —dijeron Erick y Sarah.

—Buenas noches, quiero darles las gracias por aceptar este ofrecimiento.

—De nada, nos complace estar aquí —dijo Sarah.

—Quiero empezar contigo, Sarah. Sé por todo lo que están pasando para lograr obtener la custodia de Isabella, así como también sé que no ha sido nada fácil. ¿Por qué es tan importante para ti la custodia de esa niña?

—Bueno, la custodia de Isabella es importante para mí, primero, porque la amo con todas las fuerzas de mi corazón desde el primer día en que la vi, con esos ojitos tan brillantes y con su piel tan suave y con la tierna mirada que me dio. Por todo esto supe lo especial que ya era para mí. Segundo: es importante para mí la custodia de Isabella porque así me lo pidió su madre, mi mejor amiga. Ella me solicitó que me hiciera cargo de la niña, que siempre velara por ella. Esto ocurrió en el momento más difícil de mi vida y voy a luchar hasta tenerla conmigo, porque fue esa la última voluntad de mi amiga. Y, tercero: es importante para mí porque la lealtad que nos tenemos va más allá de su partida, y no solo la de Emma y yo, sino, también la de mi esposo y Tyson.

»La lealtad para mí es una virtud que desarrollamos en nuestras conciencias. Entre nosotros siempre hubo respeto, cariño, honestidad, pero sobre todo mucha lealtad. El cariño que sentíamos el uno por el otro no ha venido de ahora, si no de muchos años atrás, para ser exactos, desde la secundaria; y con el pasar de los años fue creciendo cada día más. Vi nacer y crecer a Isabella y no descansaré hasta haber cumplido el último deseo de mi amiga, gracias.

—¡Guau, guau! Impresionantes declaraciones, estoy terminando de entender todo. Voy contigo ahora, Erick. ¿Por qué te interesa la custodia de Isabella?

—Creo que mi esposa ya lo dijo todo. Venimos de muy lejos, desde la secundaria, como lo ha dicho mi esposa. Desde esa época siempre estábamos juntos. La amistad que sentíamos los unos por los otros era muy diferente a la amistad de ahora. La nuestra se basaba en el respeto, en la sinceridad, en el cariño y, sobre todo, en la lealtad tal y como lo mencionó Sarah. Hoy en día la amistad se basa en la posición económica y social... En estos tiempos, las personas solo quieren ser amigas de otras por lo que estas pueden hacer por ellas. En otras palabras, solo quieren ser amigas de quien puede beneficiarlas de algún modo, y ya cuando aquella persona no puede o no quiere hacerlo, olvidan que son amigos y desaparecen como por arte de magia. Es amistad por conveniencia.

»Vivimos en una sociedad donde todo es vanidad. Todos quieren ser mejores que todos y, no me interpreten mal, querer ser mejor en la vida no está mal, siempre y cuando no quieras ser mejor que tu esposa, que tu amigo, que tus compañeros de trabajo... Tienes que luchar contra ti mismo cada día para ser mejor de lo que eras ayer y para llegar donde quieres, sin permitir que te invada ese sentimiento de envidia que es la causa de la separación de muchos amigos.

»Amo a Isabella como si fuera mi hija, y nada haría más feliz a sus padres que el hecho de que esté con nosotros. El amor es el sentimiento más puro y sincero que ha creado nuestro Señor Jesucristo, ya sea el cariño hacia los padres, hijos, tíos, amigos, primos, hermanos, esposos... o incluso hasta hacia un animal. Es un sentimiento que nace y va creciendo con el pasar el tiempo. Yo extraño mucho a mi amigo, daría lo que fuera para que estuviera aquí conmigo, pero la realidad es que no está y no lo volveré a ver nunca más, y me duele muchísimo. Así que ustedes allá afuera, quieran y aprecien a sus amigos, no por lo que tienen o por lo que puedan darles, sino por lo que son y significan para ustedes, puesto que nunca se sabe cuándo puede ser la última vez que los vean.

—Gracias por tus palabras, Erick.

—Sarah, cuando te embarazaste muchas personas pensaron que te olvidarías de la custodia de Isabella.

—¡Jamás hubiera pasado! Solo muerta. Estoy haciendo lo mismo que mi amiga hubiera hecho por mí. Gracias.

—¿Cómo se sienten al saber que la ciudad los está apoyando?

Los esposos Miller expresaron que se sentían muy agradecidos por todo el apoyo de la ciudadanía. Cuando comenzó toda esta polémica, había personas que los criticaban, y murmuraban de una manera inhumana y de una manera insensible al verlos, debido a que no conocían la historia a fondo. Solo eran vistos como los malvados padrinos que luchaban por su ahijada; pero, con la gracia de Dios, fueron comprendiendo poco a poco los buenos sentimientos que tenían por la pequeña y entendiendo que se trataba de la última voluntad de su madre. Ahora solo les quedaba pedirles que oraran mucho para que Isabella pudiera ser feliz.

Con esas palabras la periodista terminó la entrevista, no sin antes agradecerles por la exclusividad. A continuación, comentó que llamaría a su mejor amiga para decirle cuánto la quería y dio las buenas noches.

Cansados, Erick y Sarah se retiraron del estudio de grabación. Estaban satisfechos por haber podido transmitir al pueblo su verdad para que conociera un poco más sobre ellos.

Isaac decidió viajar a Virginia a casa de sus padres para visitarlos y hablar con la enfermera que se haría cargo de su padre. Antes de irse, le entregó los papeles de divorcio a Sophia, quien le indicó que se veía que no le constaba que estaba arrepentida de todas sus malas acciones. Insistió en que se sentía avergonzada por todo lo que le había hecho a Isabella. No obstante, si él no le creía, ni modo. Tenía que pagar por las consecuencias de sus malas obras. De niños, la madre de Sophia había preferido a su hermana y ahora estas eran las secuelas.

Un fin de semana, Sarah llamó a Isaac para ver si podía visitar a Isabella a fin de que esta conociera al pequeño Jason. Sin embargo, el teléfono lo contestó Sophia quien le informó que Isaac se había ido de viaje y no regresaría hasta el fin de semana. Sarah, muy afligida, le indicó que esperaría a que Isaac regresara. Sophia le indicó que no tenía que esperar. Podía proceder a visitarla cuando ella lo quisiera. Sarah se lo agradeció y le informó que estaría allí en unas horas.

Un rato después, Erick y Sarah se presentaron junto con su hijo Jason. Isabella se emocionó cuando vio al bebé, y le pidió a su tía Sarah que le permitiera cargarlo. No dejaba de reír y tocar al bebé, tampoco sus primos Cyntia y Dylan, quienes también estaban cautivados con el pequeño, al que miraban fijamente sonriéndole.

—Siéntate para que lo cargues, mi amor —le dijo Sarah sonriendo a Isabella y se levantó del sofá.

Mientras cargaba al pequeño Jason, Isabella le decía con mucha ternura que era su hermana mayor. En ese momento, Sophia le expresó que su bebé estaba hermoso. Minutos después, Isabella fue y abrazó a Sophia y le comunicó a sus tíos que su tía Sophia ya la quería, que la trataba bien: ya no hacía las labores de la casa y dormía en la cama con su prima Cyntia. Sarah, muy complacida, indicó que era maravilloso saber eso. Sophia, acongojada, pidió perdón a los esposos Miller. Les confesó que lamentaba de todo corazón lo que le había hecho a la niña, y que si pudiera volver el tiempo atrás, no habría hecho todo lo que hizo, sin embargo, no podía, nadie puede. Le reveló que los celos se apoderaron de ella, haciéndole sentir coraje cuando veía a Isaac jugando con su sobrina, y pensaba que ella le robaría el amor que les correspondía a sus hijos. Muy tarde se dio cuenta que nada era así.

—Lo importante fue que reaccionaste —manifestó Sarah dando el tetero al bebé.

Sophia le explicó a Erick y a Sarah que había recapacitado tarde, puesto que antes de irse, su esposo le había entregado los papeles del divorcio para que los firmara, cosa que ya había hecho. Asimismo, les confesó que le dolía mucho separarse de él, pero tenía que hacerse cargo de sus responsabilidades. Sarah le preguntó si todavía lo amaba, y Sophia respondió que sí. Erick le planteó con mucho respeto que entonces tenía que luchar por ese amor y por mantener a su familia unida.

—Todos tenemos derecho a una segunda oportunidad, habla con él. —concluyó Erick. Sophia pensó: «No creo que me perdone» y respondió que no creía que la perdonara. Nunca lo había visto tan furioso como aquel día.

—Por cierto, quiero que me disculpes por las cachetadas que te di —le dijo Sarah—. Estaba muy enojada y cuando me enojo, no sé ni quién soy, perdóname.

Sophia le aclaró que no tenía nada que disculparle, porque se la tenía bien merecida. Riéndose, añadió que tenía la mano bastante pesada, pues las mejillas le habían dolido toda la noche. Finalmente, manifestó que deseaba que todo ese conflicto terminara, y que quería dejarles claro que jamás le había pegado a Isabella. Ella había mentido; sin embargo, la entendía, porque con su actitud la había empujado para que mintiera, cosa de la cual también estaba avergonzada. Erick y Sarah, sorprendidos exclamaron:

—¡No puede ser, Isabella nunca nos había mentido! Después de unas horas, Erick y Sarah se despidieron de la niña y regresaron a su hogar.

Isaac regresó la tarde del domingo, tras dejar todo arreglado con la enfermera que estaría encargada del cuidado de su padre, y encontró firmados los papeles para la terminación legal del matrimonio.

Al día siguiente, Sophia fue al súper debido a que no podía salir de la casa cuando Isaac no se encontraba, para proteger a Isabella de los reporteros. Mientras estaba fuera, Isabella le comentó a su tío que Sophia ya la quería.

—Me alegro mucho de que estés bien, Isabella.

—Pero igual quiero vivir con Erick, Sarah, Bianca y mi hermanito Jason.

—Ok, cariño —respondió Isaac con una sonrisa.

El martes, Sophia llevó a los niños a la escuela para aprovechar de ir a la farmacia. Al llegar a la institución, ayudó a los niños a cruzar la calle y se fijó en que se dirigieran a sus aulas de clase. En ese momento, Isabella se percató de que había dejado su lonchera en el auto, se dio la vuelta y corrió gritando:

—¡Tía, tía! ¡Mi lonchera!

La señora Anderson observó desde su auto que Isabella se aproximaba a la calle, miró hacia adelante y se dio cuenta de que un auto se desplazaba bastante rápido.

Enseguida salió de su auto lo más rápido que pudo, empujó con mucha fuerza a Isabella hacia la acera, lo que provocó que su cabeza se estrellara contra el pavimento y perdiera mucha sangre. Durante el accidente, Sophia fue impactada por el auto y, por eso, las dos fueron llevadas al hospital. Isaac llamó a Sarah para informarle lo que había sucedido y Erick y Sarah esperaron la llegada de la ambulancia en la sala de emergencias. Tras arribar, Sophia fue llevada rápidamente a la sala de operación donde Isaac, preocupado, aguardaba noticias. Isabella, por su parte, estaba necesitando cinco pintas de sangre AB negativo, uno de los tipos de sangre más difíciles de conseguir. Isabella lloraba angustiada.

—¡No quiero que mi tía se muera! ¡No quiero que mi tía se muera como mis papitos!

—Tu tía no se va a morir, mi amor —dijo Sarah.

—Mi tía me empujo para que el auto no me atropellara, pero la arrolló a ella —musitó Isabella ya casi sin energía.

Sarah trataba de calmarla repitiéndole que su tía no moriría. Las dos estaban muy nerviosas y angustiadas. A la mente de Sarah volvieron a llegar los pensamientos de la época en que fallecieron sus amigos. A continuación, Erick y Sarah junto a otros compañeros de trabajo se hicieron la prueba para tener conocimiento si su sangre era compatible con la sangre de Isabella. Desafortunadamente, ninguno era conciliable. Isaac era el único cuyo tipo de sangre coincidía, pero no podía donar, ya que cuando era un niño le había dado hepatitis.

La doctora les comunicó a Sarah y Erick que era necesario conseguir la sangre para Isabella. Como bien sabían, el tipo de sangre de la pequeña era poco común y muy difícil de encontrar entre la población. Hasta ese momento habían logrado mantenerla estable, pero no sería por mucho tiempo; cada vez estaba más débil y de seguir así la perderían. Sarah, al escuchar las palabras de su compañera se puso histérica. Le pidió a la enfermera que llamara a otros hospitales y preguntara si tenían el tipo de sangre AB negativo, pero fue en vano, puesto que los hospitales no lo tenían. La vida de Isabella se apagaba cada minuto. Sarah, desesperada, telefoneó con urgencia a la reportera que les había hecho la entrevista días antes, y le pidió su ayuda para conseguir el tipo de sangre que necesitaba Isabella. Enseguida la noticia estaba en la televisión. Sarah fue a la habitación de Isabella y la doctora le informó que a Isabella le quedaba muy poco tiempo. Llorando y gritando, Sarah salió al pasillo donde se desplomó en el suelo junto a Erick.

Desde el otro extremo del hospital, mientras trapeaba, el señor Nathan, aquel mendigo que había cuidado a Isabella cuando se había perdido, vio a Erick y a Sarah llorando desconsolados en el piso y se les acercó.

—Doctor Miller, disculpe mi atrevimiento, qué le pasa a su esposa, ¿por qué está así?

—Isabella se está muriendo, Nathan. Necesita cinco pintas de sangre y no logramos conseguirlas por ningún lado —respondió Erick llorando, mientras abrazaba a su esposa.

—¿Puedo ayudar en algo? —preguntó Nathan muy triste.

—No, gracias, su tipo de sangre es muy difícil de conseguir —dijo Erick temblando desconcertado.

—Yo también tengo un tipo de sangre muy difícil de conseguir, por eso siempre trato de cuidarme.

Sarah, al escuchar lo que Nathan había dicho, sumergida en su dolor y en su frustración, levantó su mirada hacia él y le preguntó con mucha ansiedad:

—¿¡Cuál es tu tipo de sangre!?

—Mi tipo de sangre es AB negativo.

—¿¡Cómo!?

Sarah y Erick se pararon lo más rápido que pudieron y le imploraron al señor que fuera con ellos. Los tres salieron corriendo. Una hora más tarde había terminado la transfusión, y le habían salvado la vida a Isabella. Erick y Sarah le manifestaron a Nathan que estarían para siempre agradecidos con él. Isaac estaba feliz de que Isabella estuviera fuera de peligro, pero aún se mantenía angustiado, ya que habían pasado cinco horas y nadie se encaminaba a darle razón de su esposa. Erick fue a darle apoyo e Isaac le preguntó por qué no había salido nadie. En ese mismo instante apareció el doctor y le dijo:

—La paciente llegó con una lesión en la medula espinal, lo que implica el daño de los nervios dentro del canal. La mayoría de estas lesiones son causadas por un traumatismo en la columna vertebral —continuó el doctor mientras Isaac le hacía preguntas— que de este modo afecta la capacidad de la médula para enviar y recibir mensajes del cerebro hacia y desde los sistemas corporales encargados de controlar la función sensorial, motora y autonómica por debajo del nivel de la lesión, es decir, que causa la pérdida de la sensibilidad de la cintura hacia abajo.

—¿Qué quiere decir eso, doctor? —preguntó Isaac, nervioso—. ¿Mi esposa no volverá a caminar?

—Lo siento mucho, pero así es.

—¡Santo Dios! Exclamó Isaac.

Una semana después ambas pacientes salieron del centro hospitalario. Isabella tuvo que retomar sus terapias con la psicóloga, dado que el accidente la había traumatizado y habían regresado las pesadillas que tenía con sus padres, pero en esta ocasión asociadas con su tía. Esto fue un impacto muy fuerte para ella. Pasaron los días e Isabella no se separaba de su tía Sophia. Era tanto el amor que sentía por ella, que esta también pudo darse cuenta de lo mucho que la quería.

El día de la audiencia se aproximaba. Toda la ciudad también esperaba ese momento. Los abogados de los esposos Miller, llamaron para saber cómo se sentía Sarah emocionalmente y, a la vez, para recordarles que la audiencia sería en quince días. Erick y Sarah preguntaron a sus abogados si creían que trabajar los dos como médicos sería un problema para la custodia y ellos les indicaron que no querían alertarlos, pero sí. El juez podía considerar ese aspecto como un elemento de incertidumbre, ya que pensaría que por la exigencia de su trabajo no podrían dedicarle el tiempo y el cuidado que la niña iba a necesitar, sin embargo, había una ventaja a su favor. La licenciada les dijo que el hecho de que la niña se escapara de la casa y fuese atropellada estando en la custodia de su abuela Caroline y de su tío Isaac, constituía una gran superioridad para ellos, en vista de que el juez podría pensar que estos no estaban capacitados para el cuidado de la menor.

Siete días después llegó la señora Caroline para la audiencia. Lo primero que hizo fue ir a la casa de su hijo a faltarle al respeto, acusando a Isaac y a Sophia de ser unos ineptos por haber dejado que Isabella se les escapara y que la atropellaran, llevándola al borde de la muerte. Luego se marchó.

La ciudad de Nueva York estaba consternada. Aún faltaban ocho días para la audiencia y ya había una multitud de personas en frente de la Corte gritando: «¡Estamos contigo Sarah! ¡Dios es grande! ¡Sarah, Erick, Isabella! ¡Sarah, Erick, Isabella!»

Los abogados de Erick y Sarah les informaron que el juez había requerido hablar con la niña para que tuviese conocimiento de que iría a una audiencia y supiera cuáles eran los motivos. Isabella asistió con su tío y la psicóloga. Se trataba solo conversar con ella para que no sintiera miedo el día de la audiencia y, al mismo tiempo, para que tuviera confianza de expresar libremente lo que quisiera en ese momento.

Era una mañana soleada de un martes. Había llegado el día tan esperado por los Miller, los Anderson y toda la parentela de la niña, así como también por toda la población, que había seguido el caso día tras día. Cuando se despertaron los Miller, se arrodillaron y se pusieron a orar. Lo mismo estaba ocurriendo en casa de Isaac y en muchos hogares. Todos oraban por un mismo propósito: que el juez les otorgara la custodia a los esposos Miller, dado que todos querían el bienestar de Isabella. Horas más tarde llegaron a la Corte la señora Caroline con su abogado, y enseguida Erick y Sarah. Mientras subían las escaleras, se aproximó Isaac con Isabella tomada de su mano. Al verla llegar, la multitud comenzó a gritar:

—¡Isabella! ¡Isabella! ¡Isabella!

—¿Tío, por qué están gritando mi nombre? —preguntó.

—Porque te quieren, cariño.

Mientras hacía su camino a la corte con Isabella, uno de los reporteros le preguntó a Isaac:

—¿Qué cree usted que sucederá hoy?

—Yo solo quiero la felicidad de mi sobrina, y usted y yo sabemos muy bien con quién está su felicidad. Gracias —respondió Isaac un poco tenso.

Isabella, al ver a Erick y a Sarah ascendiendo por las escaleras, soltó la mano de su tío y se precipitó hacia ellos gritando:

—¡Tíos! ¡Tíos! ¡Tíos!

—¡Isabella! —gritó Sarah sonriente mientras la niña subía las gradas. Trataba de esconder su preocupación, pero era algo que no se podía ocultar.

—Tía, dice mi tío Isaac que todas estas personas me quieren. ¿Es cierto eso?

—Sí, mi amor, todas estas gentes que están aquí te quieren mucho, ¡salúdalos!

Isabella se giró hacia la multitud. Levantó su bracito y saludo a la muchedumbre. Estaba radiante. Lucía un vestido amarillo que resaltaba la textura de su hermosa piel y que combinaba con unos zapatos blancos.

Una vez que todos estuvieron en la sala, entró el juez, saludó y explicó la razón por la cual todos se encontraban en ese lugar. De inmediato solicitó la presencia de Isabela junto a la psicóloga.

—¿Cree usted que la niña está capacitada para conversar conmigo? —le preguntó a esta el juez.

—Sí, señor juez, Isabella es una niña muy inteligente —respondió—. Ven conmigo Isabella.

—¿Cuál es tu nombre? —le preguntó el juez.

—Mi nombre es Isabella Wilson.

—¡Qué nombre más lindo!

—Gracias, mis papitos me dijeron que mi nombre significa «Promesa de Dios».

—¡Guau! Yo no sabía eso, ¿y cuántos años tienes, Isabella?

—Tengo ocho años.

—¿Cómo te va en la escuela?

—Me va bien y me gusta estudiar, mi maestra es la mejor. Se llama Olivia Robinson.

—¿Y te gusta vivir con tus abuelos?

—Yo quiero mucho a mis abuelitos, pero no quiero vivir con ellos. Yo quiero vivir con mis tíos Erick y Sarah.

—¿Ellos están aquí?

—¡Mírelos allí! —dijo Isabella apuntándolos—. Yo quiero que ellos sean mis papitos.

—¿Y por qué quieres que ellos sean tus papitos?

—Porque yo los quiero mucho y, como mis papitos se fueron para el cielo, quiero que ellos sean mis papás, porque me quieren mucho —respondió Isabella, moviendo el banquito—. Mi tío Erick me lee muchos cuentos y me hace unos pancakes riquísimos; y mi tía Sarah siempre juega conmigo después de haber terminado las tareas —dijo Isabella mirando fijamente a su tía, a quien se le salían las lágrimas—. ¿Por qué mi tía está llorando?

Isabella le comunicó al juez que ya regresaría, bajó del asiento y se dirigió hacia su tía para secarle las lágrimas, a continuación le dio un beso y le pidió que no llorara más. Tras esto regresó al banquito donde el juez continuó con su interrogatorio.

—Pero ahora estás con tu tío Isaac. ¿Te gustaría quedarte con él?

—No. También los quiero, pero quiero vivir con mis tíos Erick y Sarah. Mi tía Sarah tiene un bebé que se llama Jason.

—Ok, qué bien, ¿Te gustaría vivir con tus otros abuelos, los padres de tu papá, Isabella?

—Ellos viven cerca del mar y a mí me fascina el mar, pero igual, quiero estar con mis tíos.

—¿Cómo se llaman tus abuelos?

—Mis abuelos se llaman Henry y Evelyn. Mire el traje que me compró mi tía Sarah.

—Está hermoso. Ok, Isabella, fue un placer conversar contigo.

—Ok —Isabella sonrió y se retiró.

Tras esto, el juez procedió a interrogar a la empleada de la aseguradora.

—Que pase a declarar la señora Eleanor Baker —ordenó.

Cuando la mujer se sentó, le preguntó:

—¿Cuáles fueron las palabras precisas del señor Wilson al momento de entrar al establecimiento?

La agente de la aseguradora expuso que el señor Wilson le había manifestado que quería sacar un seguro de vida para su familia, de manera que, si algo le llegara a pasar, ellos quedaran muy bien protegidos. Una vez terminados de hacer todos los papeleos, ella le pidió que le diera el nombre de dos personas cercanas a él. Tras esto, le preguntó si se trataba de personas de confiar, y él le respondió que eran más que confiables, eran sus hermanos de corazón; y le recalcó: «Si algún día mi esposa y yo faltamos, los esposos Miller serán los encargados de nuestra hija».

—Esas fueron sus palabras exactas señor juez—concluyó.

El juez le dio las gracias y le comunicó que se podía retirar. Luego llamó a Sarah a quien preguntó:

—¿Por qué cree usted que debería tener la custodia de la menor?

—Su señoría, amo a Isabella con todas las fuerzas de mi alma, y solo le pido una oportunidad para hacerla y hacernos felices. He estado con ella desde el día uno y deseo continuar hasta el final. Antes de fallecer, su madre me pidió que me hiciera cargo de ella y le prometí que lo haría. Le aseguro que, si me da la oportunidad, no lo defraudaré.

—¿Cuál es su profesión?

—Soy Neuróloga, señor juez.

—¿Y su esposo a qué se dedica?

—Mi esposo es cardiólogo, su señoría.

—Veo que los dos son médicos. ¿Cómo piensan hacerse cargo de la menor si se les otorga la custodia? Desde mi punto de vista y viendo por el bienestar de la menor, me parece que es imposible ofrecerle la atención y el cuidado que la niña necesita.

Isaac se puso de pie y manifestó que Erick y Sarah eran las personas más responsables que había conocido y que estaba seguro de que harían lo que el juez les indicara. El juez le replicó que todo lo que dijera era relevante para el caso y le preguntó si quería declarar.

—Sí, su señoría —respondió Isaac.

—¡Cállate! ¡De qué lado estás! —le dijo la señora Caroline, muy enojada.

—¡Silencio! —ordenó el juez y preguntó a Isaac—: ¿Cuál es su nombre y qué tiene que decir?

—Mi nombre es Isaac Anderson. Puede ser que mi madre después de hoy no vuelva a dirigirme la palabra nunca más, pero nadie mejor que yo sé cuánto han sufrido Sarah y Erick por mi sobrina Isabella. El amor que sienten por ella sobrepasa los límites y ¿por qué digo que sobrepasa los límites? —dijo Isaac muy nervioso mientras miraba el rostro de su madre—. Estoy cien por ciento seguro de que harían lo que fuera por Isabella. Es triste mencionar esto, pero muchas veces mi sobrina se ha quedado dormida en mis brazos llorando por los esposos Miller —Mientras Isaac estaba testificando, la mayoría de la audiencia permanecía pasmada—. Los únicos momentos en que realmente la he visto feliz han sido estando con ellos.

Isaac le hizo saber al juez que antes no entendía muchas cosas, pero ahora comprendía por qué su hermana había querido que su hija se quedara con ellos. Le dolía decir que Isabella estaría mejor bajo los cuidados de los esposos Miller, pero era la única realidad.

De inmediato se puso de pie el abogado de la señora Caroline y le pidió al juez otra vez que tuviera consideración a la hora de tomar su decisión, puesto que su cliente era la abuela de la menor y creía que lo mejor para ella era estar con la madre de su madre.

Tras esto, el juez habló con la psicóloga, le hizo algunas preguntas e interrumpió la sesión.

—Treinta minutos de receso y regreso con el veredicto —anunció el juez, para posteriormente retirarse.

Durante el receso todos estaban muy tensos, mirándose los unos a los otros con cara de preocupación. Afuera de la Corte, se escuchaban gritos de la multitud y la ciudad entera estaba paralizada al no saber cuál sería el veredicto del juez Ian Cooper. Sarah le agradeció a Isaac el increíble gesto que tuvo con ella y con su esposo al declarar a su favor sabiendo el problema que esto le traería con su madre. La señora

Caroline estaba tan, pero tan furiosa con su hijo, que no quería ni que se le acercara. Minutos antes de regresar a la sala, Erick se acercó a Sarah para explicarle que podía ser que el juez les diera la custodia de Isabella, pero también podía ser que no se la diera; así que, pasara lo que pasara, tenía que ser fuerte.

Después del receso, el juez regresó y se dirigió a los presentes con las siguientes palabras:

—La amistad es un valor universal y moral, es el afecto personal, indulgente y abnegado compartido con una persona, un afecto que nace y se fortalece con el trato. Es el sentimiento más puro y sincero que una persona puede sentir hacia otra. Señora Miller, el amor que usted sentía y siente por su amiga es impresionante. En ningún momento ha dejado de luchar por la menor, nunca se ha dado por vencida y eso es algo que no todo el mundo hace. Lo que ha hecho no tiene precio. Luchó contra una persona que para mí es obvio que usted quiere y respeta. Amar a otro consiste en querer ser causa de su alegría, y para mí está más que claro la profundidad del gran amor que siente por Isabella. Ustedes harán de ella una niña respetuosa, honrada y feliz, y, sobre todo, le darán la estabilidad emocional y mental que todo niño merece. Sarah y Erick Miller, les otorgo LA CUSTODIA TOTAL DE ISABELLA WILSON.

—¡Gracias, señor juez! ¡Gracias! —exclamó Sarah llorando de felicidad—. ¡Lo logramos, mi amor!

Isabella corrió hacia ellos y los abrazó mientras afuera la multitud gritaba y celebraba. Todos estaban felices por el veredicto del juez, aunque la señora Caroline se retiró muy enojada.

—¿Ya puedo irme a vivir con ustedes? —preguntó Isabella.

—Sí, mi amor —respondió Sarah mientras Isabella no dejaba de brincarle encima a sus tíos y de correr por toda la sala de la Corte—. Ya nadie te va a separar de nosotros.

Isabella salió de la Corte de brazos de Erick y Sarah. Un periodista los felicitó por su triunfo, y Sarah le respondió, con una sonrisa, que no era una victoria sino «LEALTAD, AMOR Y JUSTICIA». Sarah, junto a Erick e Isabella le dedicaron un momento a la multitud, a la cual comunicaron que su familia y ella estaban muy agradecidas con todos por el inmenso apoyo recibido en el transcurso de todo el proceso. En parte ellos habían contribuido a su felicidad, ya que muchas veces les habían dado las fuerzas que necesitaban, cuando pensaban que ya nada era posible. Sarah finalizó diciendo: «¡Ámense, respétense, cuídense y, sobre todo, luchen por lo que quieren hasta el final, gracias, los amo!».

Un mes después el director del hospital, el señor Jonathan Lee, mandó a llamar a los esposos Miller a su oficina para hablar con ellos. Les indicó que varias veces había pensado hablar con ellos, pero siempre había terminado por no hacerlo debido a una razón u otra, y enseguida puntualizó:

—Lo que quiero hablar con ustedes es acerca de la clínica que tienen cerrada desde hace ya casi cuatro meses.

De inmediato, Sarah le dijo al director que no quería hablar de eso en vista de que era muy doloroso para ellos. El doctor le respondió que sabía que era doloroso. Por eso le había dicho que muchas veces pensó en tocar el tema, pero siempre terminaba en no hacerlo. Dijo que creía que era hora que se enfrentaran a sí mismos y abrieran esa clínica que un día planearon.

—¿No quiere que trabajemos más aquí? —preguntó Erick muy afligido.

—¡Por supuesto que no! Para mí es un honor tenerlos aquí —dijo el doctor tamboreando los dedos—. Pero creo que por el gran amor que se tenían entre ustedes, deberían abrir el consultorio médico en honor de sus amigos, y seguir con sus vidas.

—Ese proyecto era de los cuatro —dijo Sarah mirando sus zapatos.

—Estoy seguro de que Tyson y Emma estarían muy felices y orgullosos de saber que todos sus sacrificios valieron la pena y que no fueron en vano. Si no lo quieren hacer por ustedes, háganlo por ellos, es lo menos que se merecen.

—Es cierto lo que dice –manifestó Erick—, pero cómo lo mantendremos a flote sin ellos. La última vez que estuve allí, salí muy destrozado; y, para serle sincero, me da mucho miedo y tristeza volver allí.

—Ambos son buenos doctores y muy reconocidos; sé que saldrán adelante y que harán del consultorio un éxito. Además, el tratamiento con la psicóloga les ha ayudado mucho.

—Lo pensaremos, señor Lee.

—Yo puedo ayudarlos a conseguir los doctores y enfermeras que necesiten.

—Lo discutiremos y le informaremos, gracias por su confianza.

Al llegar a casa, ya dormidos los niños, Erick y Sarah conversaron sobre lo que el director les había dicho horas antes y llegaron a la conclusión de que todos habían trabajado en el proyecto y que no permitirían que ahora estuviera cerrado.

—Ellos se fueron y no dejaremos que sus sueños se vayan con ellos —indicó Erick—. No lo haremos solo por nuestros amigos, sino, también por nosotros.

En horas de la mañana, los esposos Miller se comunicaron con la diseñadora para solicitarle que arreglara el consultorio y cambiara su logotipo. Luego llamaron a familiares y amigos para informarles que el fin de semana se reunirían en su casa para darles un anuncio.

Sarah llamó a la señora Caroline para que Isabella hablara con ella y, a la vez, para invitarla a la reunión que estarían realizando en unos días. Sin embargo, al escuchar su voz, la señora Caroline cerró el teléfono. Era muy importante para Sarah establecer y mantener una relación con la señora Anderson, ya que era la madre y abuela de las personas que quería tanto.

El domingo se apersonaron varios parientes y conocidos a la casa de los Miller. Isabella estaba contenta de ver a sus tíos y a sus primos, puesto que quería muchísimo a su familia.

Cuando lo consideró oportuno, Erick se levantó y dijo:

—Atención, por favor, los hemos reunido esta tarde para anunciarles que dentro de un mes estaremos inaugurando el consultorio médico que Tyson, Emma, Sarah y yo proyectamos y realizamos.

»Esto ha sido demasiado duro para nosotros. Como saben, Tyson y Emma fueron nuestros mejores amigos y hermanos. Ellos se habían ido físicamente, en cambio nosotros estábamos muertos en vida. No obstante, gracias a Dios, el señor Jonathan Lee, director del hospital para la cual trabajamos, nos hizo entrar en razón. Queremos pedirles a todos que nos acompañen a la apertura de nuestra clínica; por favor, lleven un globo blanco. Lo soltaremos en el aire en memoria de nuestros compañeros. Pronto enviaremos la invitación con la dirección. —concluyó Erick y recibió un aplauso.

Esa misma noche Sarah soñó con Emma. En el sueño, las dos estaban sentadas en la orilla de la playa y Emma le pedía que ya no estuviera triste, porque ahora ella y Tyson estaban en paz, pues Isabella estaba donde tenía que estar. Le decía que siempre estaría en su corazón y velaría por todos. Luego Emma abrazó a Sarah, se paró y se dirigió hacia las aguas donde lentamente desapareció frente a sus ojos. Sarah se despertó muy sofocada. Sin embargo, se sintió muy aliviada y contenta con aquel sueño, debido a que era una especie de aprobación para seguir adelante con su vida.

Semanas después se reunieron para la inauguración del consultorio médico.

Erick les dio la bienvenida a todos y les agradeció por estar allí. Señaló que, como bien sabían, habían empezado a desarrollar esa idea hacía un año y medio, cuando Tyson los había invitado a cenar y les había propuesto ese proyecto luego de preguntarles por qué no abrían un consultorio médico propio. Todos habían aceptado, pues la propuesta era buena. Hacía ya cuatro meses que la diseñadora les había entregado la llave pero, no estando sus amigos, para ellos era difícil empezar.

Así estuvieron hasta que un día el señor Jonathan les hizo cambiar de parecer con sus palabras y esta era la razón por la cual todos se encontraban allí.

—Quiero darle las gracias a la diseñadora, Emily Nulan, y a todo su equipo que hizo posible todo esto. También quiero agradecer al señor Jonathan Lee, por creer en mi esposa y en mí. Gracias a todos ustedes por su apoyo incondicional durante todo este tiempo.

»Familia, amigos, compañeros todos. Aquí está el resultado de nuestros esfuerzos. Como siempre decía mi mejor amiga «El tiempo de Dios es perfecto". Después de tres descubriremos el logotipo. Uno, dos...—¡Guau! ¡Guau!

—¡THE WILSON MEDICAL CENTER!

El logotipo quedó espectacular, y a todos les fascinó. Digno de unos buenos amigos, compañeros y hermanos. Los invitados comentaban entre sí lo lindo que se veía el consultorio. Erick y Sarah levantaron sus brazos hacia el cielo diciendo «amigos, esto es de ustedes». De inmediato soltaron los globos y aplaudieron. Minutos después, Isabella hizo el corte de la cinta, y todos se dirigieron hacia dentro para conocer el establecimiento y brindar. Erick con una voz muy enérgica dijo:

—Levantemos nuestras copas y brindemos por la amistad.

Luego Sarah proclamó:

—Alcemos nuestra copa una vez más y brindemos por...

¡ISABELLA!

9 788841 844799